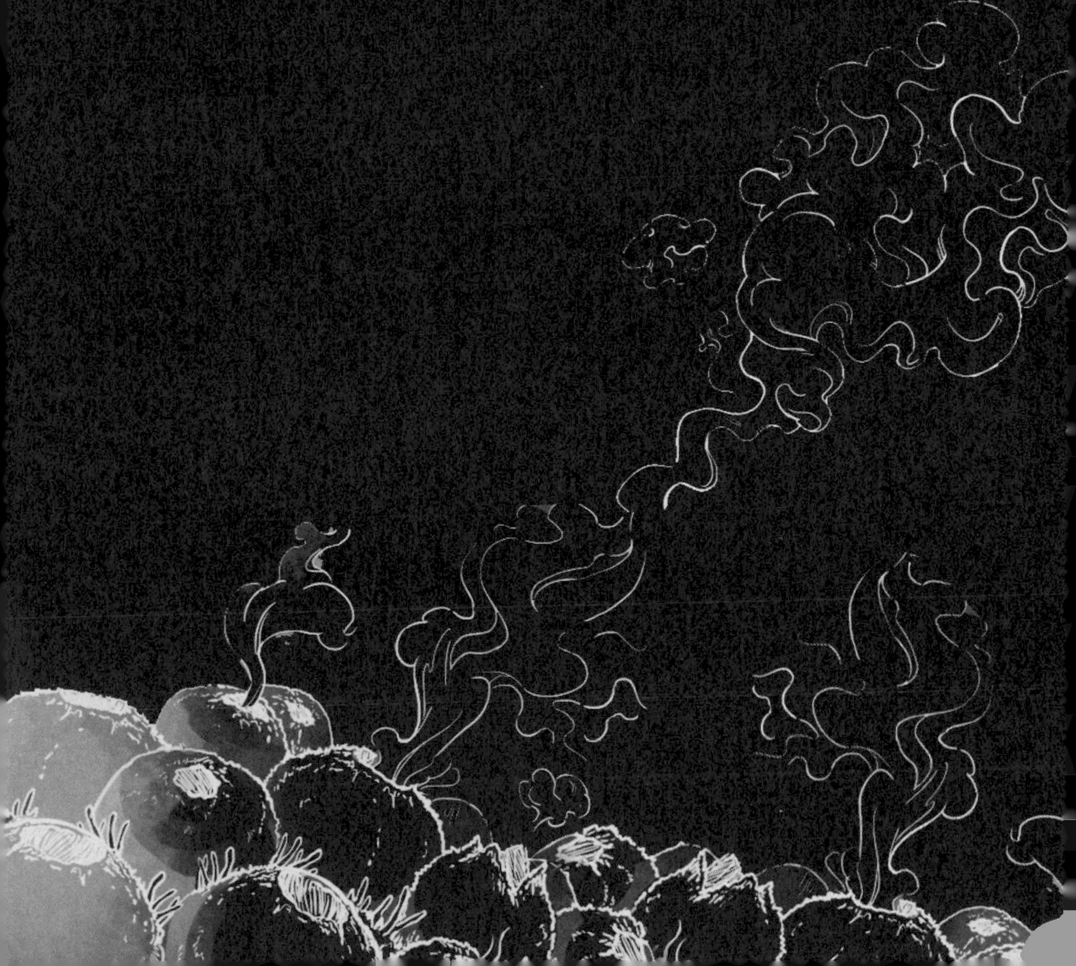

刺角

下 End

黃端

目錄

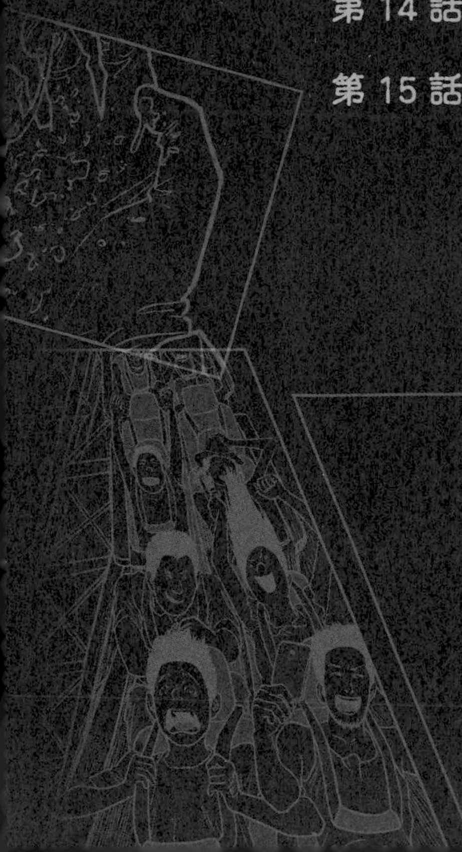

第9話

搜索

這裡也沒有。

他說不定跑回來拿了？
……房東太太，妳家就在一樓。
他平常出入妳看得到嗎？
啊？
是可以啦……
不過，這兩天摩托車都不在……
所以應該是沒回來啦！
難道真的不在他手上？
還是他又交給別人……
外面走廊也搜過了？
是的。

疾病管制署的人找他做什麼？你們……
啊！難道是那個？
MARS!?
啥？
不是……我們來是因為一種跟寵物有關的皮膚病，那隻寵物我們相信是被寄放在這裡。
……
這樣喔？那我房子需不需要消毒？
暫時不用。
真的厚？那我就放心了。
對了，說到皮膚病……

我兒子說最近他們學校有個傳言，
說是有同學得了怪病，
皮膚變得爛爛的。
作者 brucelee (眉頭一皺)
標題 [問卦] 有沒有超級濕疹的八卦?
時間 Sun Mar 15 20:40:37 2015
如題
我朋友的弟弟的同學
最近長了很嚴重的濕疹, 皮膚都抓到爛
而且怎麼擦藥都擦不好
去看了醫生結果醫生反應很奇怪
隔天他就沒來上學了
那個會不會就是你們說的？
……皮膚病？
我們並沒有接獲那種症狀的通報。
而且就妳剛才說的，最有可能是皮癬或濕疹之類……
對嘛！我也覺得是這樣，
濕疹厚？
可是我兒子就是聽不進去！
一直說看醫生的話會被抓走……

到現在都只有買藥膏擦而已，
我都跟他說你已經有點嚴重了，不能再亂擦藥……
啪啪啪啪
……
組長，接下來怎麼辦？
他們好像也沒有投靠家人朋友，
這幾天一點消息也沒有，簡直像蒸發了！
他們一定會回來這間屋子的。
總之一定要抓回來。不能放任他們在外面亂跑！
那兩個年輕人……
到底知不知道自己在幹嘛！

再守一天嗎……
雖說可以過過警察的乾癮……
但是……
呼哇……
真夠無聊……
嗯？
哇……
真的出現了！
嗶
女的呢？
小何，是我。組長在嗎？
……喂？

老張？組長他現在不在位子上耶，
要我幫你傳話嗎？
是的！跟他說……
……
要說什麼？
啊，不好意思，是我看錯了。
哼……
原來如此……

喀
啊！
我是不是……別摸門把比較好？
放心，現階段還沒那麼容易傳染。
你只要避免跟人密集接觸，或碰到傷口。
倒是源頭的蜘蛛……才真的危險。
糟了！
已經過這麼多天，說不定牠早就……
跟小胖一樣了？

嗅 嗅
樓梯間的氣味正常……
濕氣……沒什麼感覺……
角落也沒有長奇怪的香菇，
太好了……
！
……封條？
嗡

靠！我的房間！
咦？等等，你去哪？
回去了。
走吧。
回去？還沒拿到蜘蛛啊！
我藏在這裡……

我知道你在找什麼，打給我!
!!
你要什麼？
……唷，真的打來了，著急了嗎？
別急嘛！讓我先問你……
你什麼時候有同伴的？
呵呵……那是李組長要的人吧？
那又如何？去通報你也不會升官。

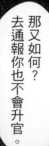

不錯！沒好處的事我也不感興趣。
但是這蜘蛛不一樣，這東西對疫苗研發應該很有幫助吧？
如果賣給藥廠的話，肯定可以大賺一筆。你說是吧？
別廢話了，開價吧。
這次——我要十倍！
哼！你倒是獅子大開口。
好說好說，看在過去的份上，我可是先通知你了。
……好吧，約明天晚上？

嘟
……
沒問題，老地方見啦！
蜘蛛不見了！
我知道。對方聯絡我了。
什麼？是誰……
有差嗎？反正就是要錢而已。
這件事我來搞定。
回去吧。

咳咳咳咳
咳咳咳
咳咳咳咳

嗯。
最近……很好啊……
我的聲音？怎麼了嗎？
啊，那是感冒啦。
不，不是那個流感，小感冒而已。
嗯，看過醫生了。
對啊，我也怕傳染給奶奶。

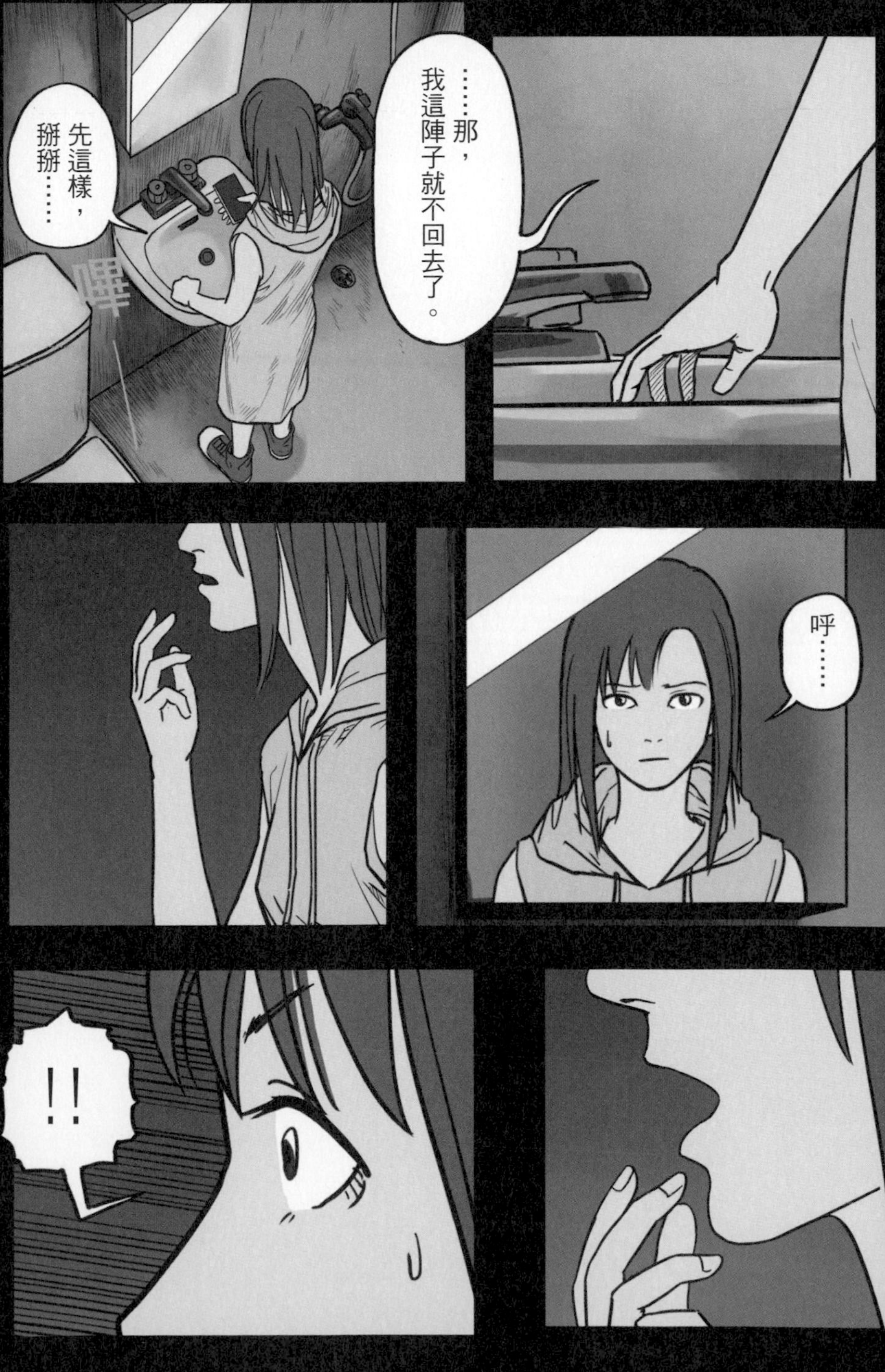
……那，我這陣子就不回去了。
先這樣，掰掰……
嗶
呼……
!!

……
推 nickpoint! 媽啊這是什麼?
acb1234
brucelee 這就是我朋友
這已經不只是
baby202 怎麼辦我
這只是普通的真菌
0626 不知大家在緊張什麼
早知道把自
他呢？

啊，剛剛出去了。
妳還好嗎？臉色有點差，
是不是身體不舒服？
阿正，
我……
等不下去了……
我要去疾管署。

第10話

威脅

沙沙
安分點！

……嘖！
王八蛋！
竟敢晃點我！
終於來了嗎？
喂！
你也遲到太久了吧！
在搞什麼啊！

為什麼不說話……
……奇怪？
沒有人？
難道我聽錯了？
喂！你在這裡對吧？

少跟我裝神弄鬼！
我不吃這套！快點滾出來！
不想要蜘蛛了是不是？
!!
老張啊……我想了想，
與其給錢，不如給你更珍貴的禮物。

一個昇華的機會。
接下來幾天，好好享受過程吧。
這是做為威脅我的……
一個回禮。

哈囉！
大太陽的，怎麼不到裡面等啊？
好慢喔！
歹勢歹勢、睡過頭了，等很久了嗎？
昨天脖子有點不舒服，折騰到早上才睡著呢！
脖子？過敏還沒好嗎？
不知道耶……昨天晚上突然痛起來。
要不要去看醫生啊？
不用啦！擦點藥就好了。

……
……？
奇怪？
什麼東西黏黏的？

嗶
嗶
嗶
嗶
喂！愣著做什麼？
快來幫忙！
嗶
嗶
嗶
……
嗶
啊……是的！
糟糕！痙攣了！
快塞個東西，別讓她咬到舌頭！
嗶

把手腳綁好！
通知外面這裡有狀況！
嗶
嗶
嗶
嗶
所有進入第三期的病人都在這個區域？
是的。
他們在負壓隔離環境被密切監控，
同時做投藥實驗的觀察。
感染管制隔離區
Infectious Diseases Quarantine

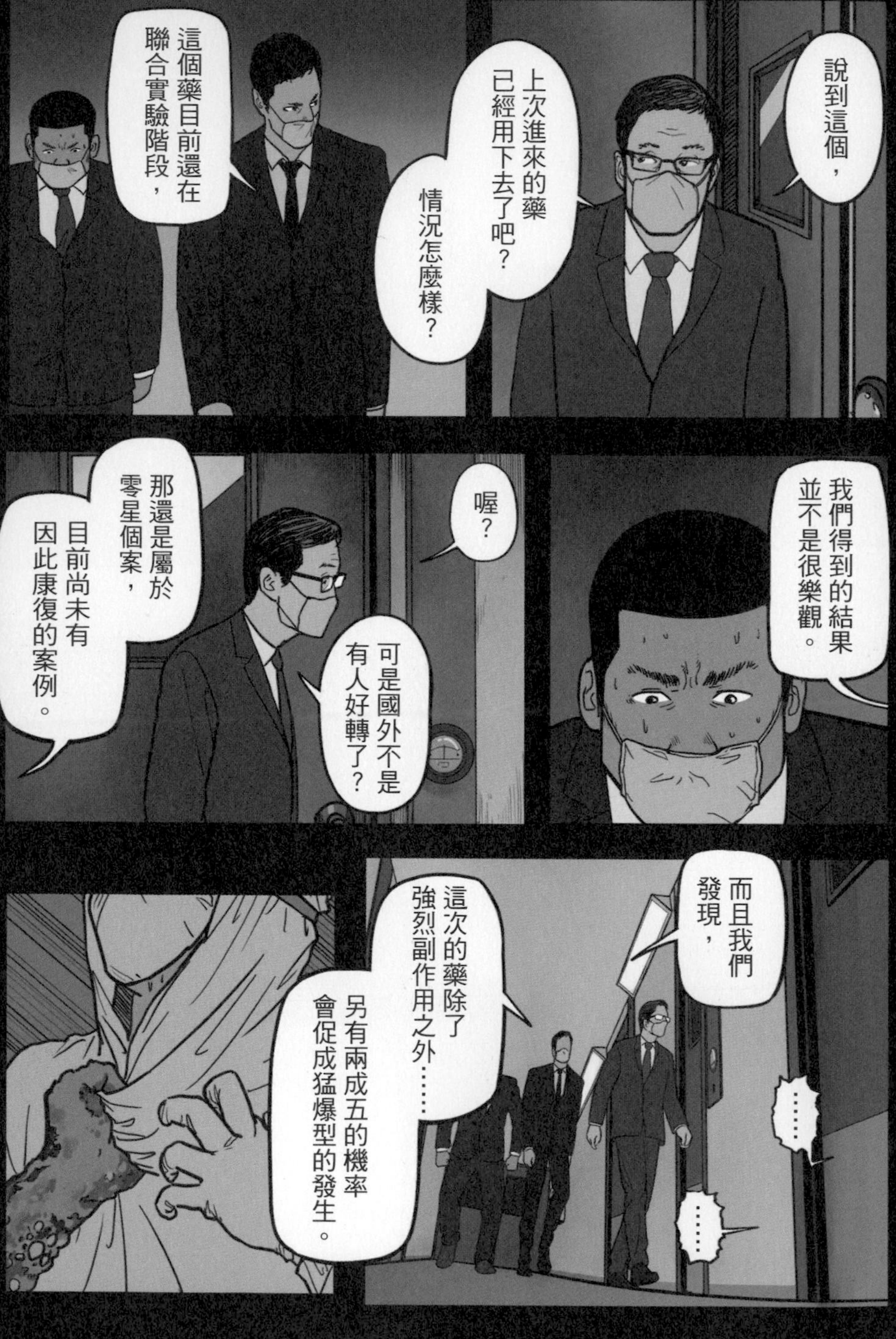
說到這個，
上次進來的藥已經用下去了吧？
情況怎麼樣？
這個藥目前還在聯合實驗階段，
我們得到的結果並不是很樂觀。
喔？
可是國外不是有人好轉了？
那還是屬於零星個案，
目前尚未有因此康復的案例。
……
……
而且我們發現，
這次的藥除了強烈副作用之外……
另有兩成五的機率會促成猛爆型的發生。

由於第三期剛好是宿主體內變化最激烈的時期，
兩者或許有關聯也說不定。
目前已經停止投藥，並回報給衛生組織了。
什麼意思？
你是說吃了這藥反而有可能惡化……

老張！
快帶長官離開這裡！
碰
嗚哇啊啊啊啊啊啊
那是什麼！
碰
碰
嗚嗚……
把這爛門打開！
該死的！
碰！
小心點！

你們搞什麼東西啊！
為什麼會讓病人掙脫？
安全措施在哪裡？
這種情況不會再發生。
我們會更加謹慎對待投過藥的病人。
我們自己生產的疫苗呢？
為什麼到現在還沒出來？
目前正在進行疫苗株的確定。
需要再幾週的時間。
那你還在這裡做什麼？快去給我生出來！
……是。
……

這次被上面罵得很慘喔？
我從沒看過組長臉色這麼差！
……不說這個了，
你有幫我帶來嗎？
啊，你是說這次實驗用的藥……
噓！
……有是有啦！
不過，你要這個做什麼？
別問那麼多，你還欠我一次，
記得嗎？

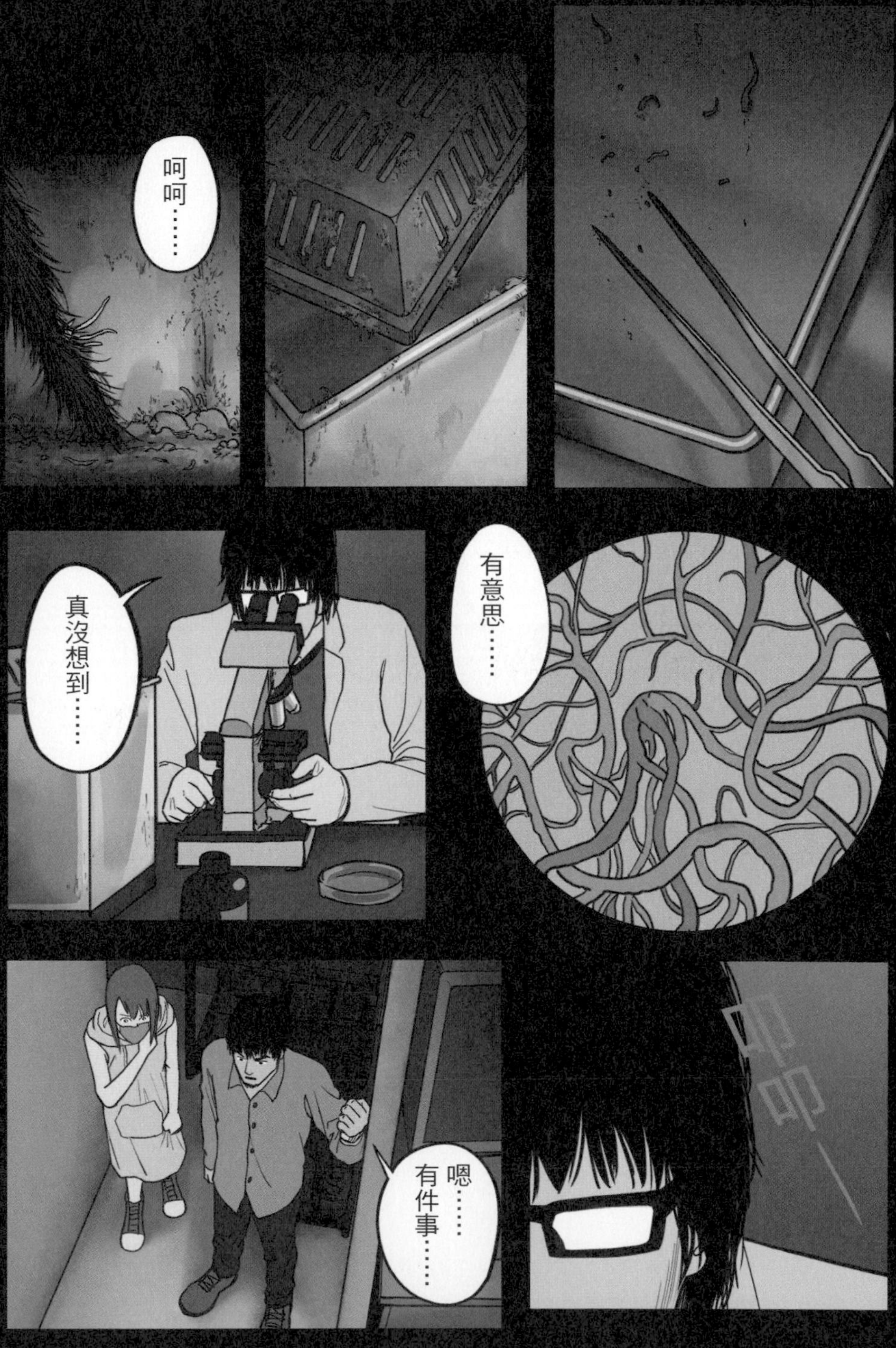
呵呵……
有意思……
真沒想到……
叩叩—
嗯……有件事……

我們覺得不能再等下去，
雖然很不想這樣做……
但是疾管署那邊可能會有什麼辦法，
所以……
!!
你拿回來了！
不僅如此，
在牠身上還有個意外發現。

經過這麼多天，這隻蜘蛛不但仍然活著，
蔓延出去的菌絲還有老化的跡象。
如果能找出老化原因，或許能運用在體內的菌絲上面。
……
那麼解藥完成也只是時間問題。
至於你們準備要去的疾管署嘛……

關於最近網路上流傳的新型疾病……
那是真的嗎？
是真菌造成的？
會不會人傳人？
關於這個部分，
請大家不要輕信網路上的謠言，
以免造成不必要的恐慌，
謝謝大家指教，問題就回答到這邊。
最後一個問題！
對不起，我接下來還有行程。
……
……

老侯，你今天有沒有看到老張？
老張？
你這麼一說……好像這兩天都沒看到耶。
是嗎……
怎麼？他都沒來上班喔？
如果有看到他，請你馬上通知我。
啊，好的。
呼……

嗶
長官，消息快要壓不住了。
是，我們會做好準備。
老張這傢伙！
從來不曾曠職過，怎麼會突然找不到人？
嗶嗶嗶
嗶嗶嗶
嗶
嗶嗶
嗶嗶嗶

嗶嗶嗶
嗶嗶嗶
嗶嗶嗶
嗶嗶嗶
嗶嗶嗶
嗶嗶嗶
嗶嗶嗶
嗶嗶嗶

第11話

實驗

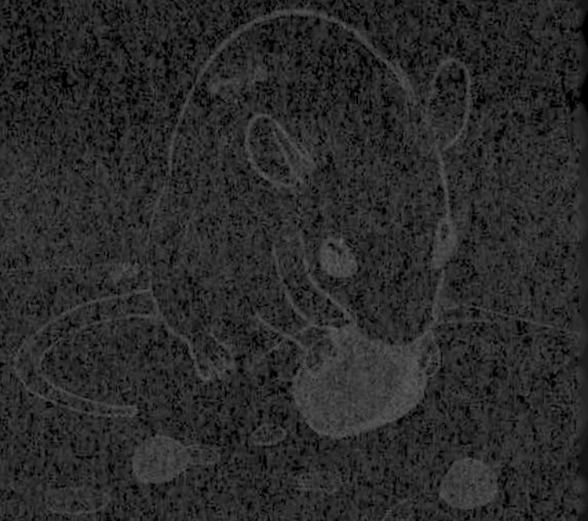

這隻……很平靜呢！
而且看起來狀況還不錯。
嘿……
跟旁邊比較的話……
吱吱吱
吱吱吱吱
吱吱吱
解藥效果很明顯！
動物實驗算是成功了吧？
……

啊，
時間到了。
嗶—嗶—
抗真菌藥的副作用在你身上似乎並不明顯，所以我打算加重一點劑量。
喔……好。
另外也要開始使用佐劑，總之要讓菌絲蔓延的速度再緩一些。
這種藥靜脈注射效果是最好的，但是有它的毒性。
除了原本的忽冷忽熱外，腎功能也會受到影響。
你要有心理準備。

所以……要開始人體實驗了嗎？
沒那麼快。
要先在動物實驗得到滿意的結果，才能進行下一階段。
否則只是浪費時間。
……妳的話，先吃口服藥吧。
難道說……你不滿意這次結果嗎？
……差遠了。

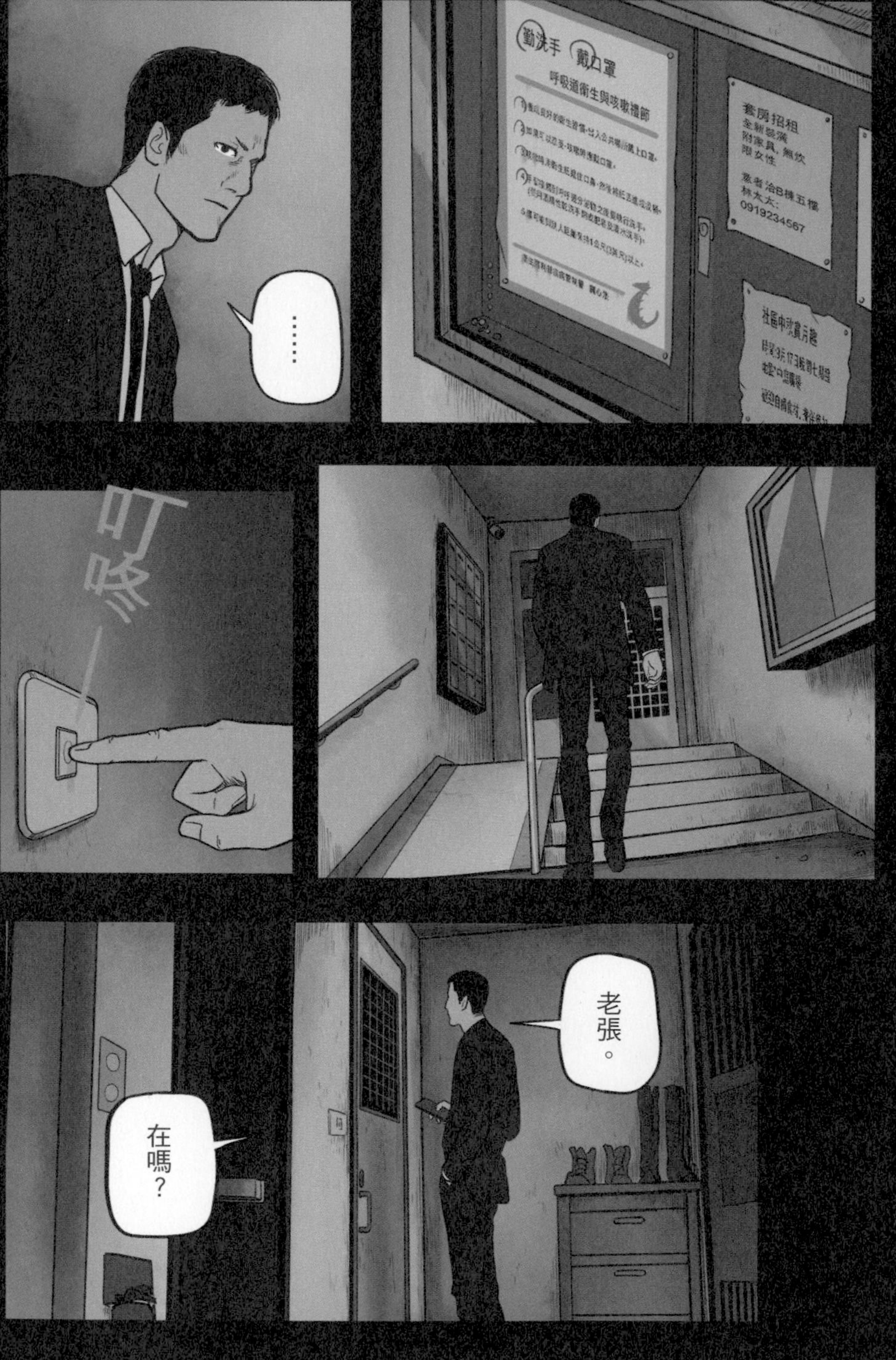
……
勤洗手 戴口罩
呼吸道衛生與咳嗽禮節
套房招租
全新裝潢
附家具，無炊
限女性
意者洽B棟五樓
林太太:
0919234567
叮咚——
老張。
在嗎？

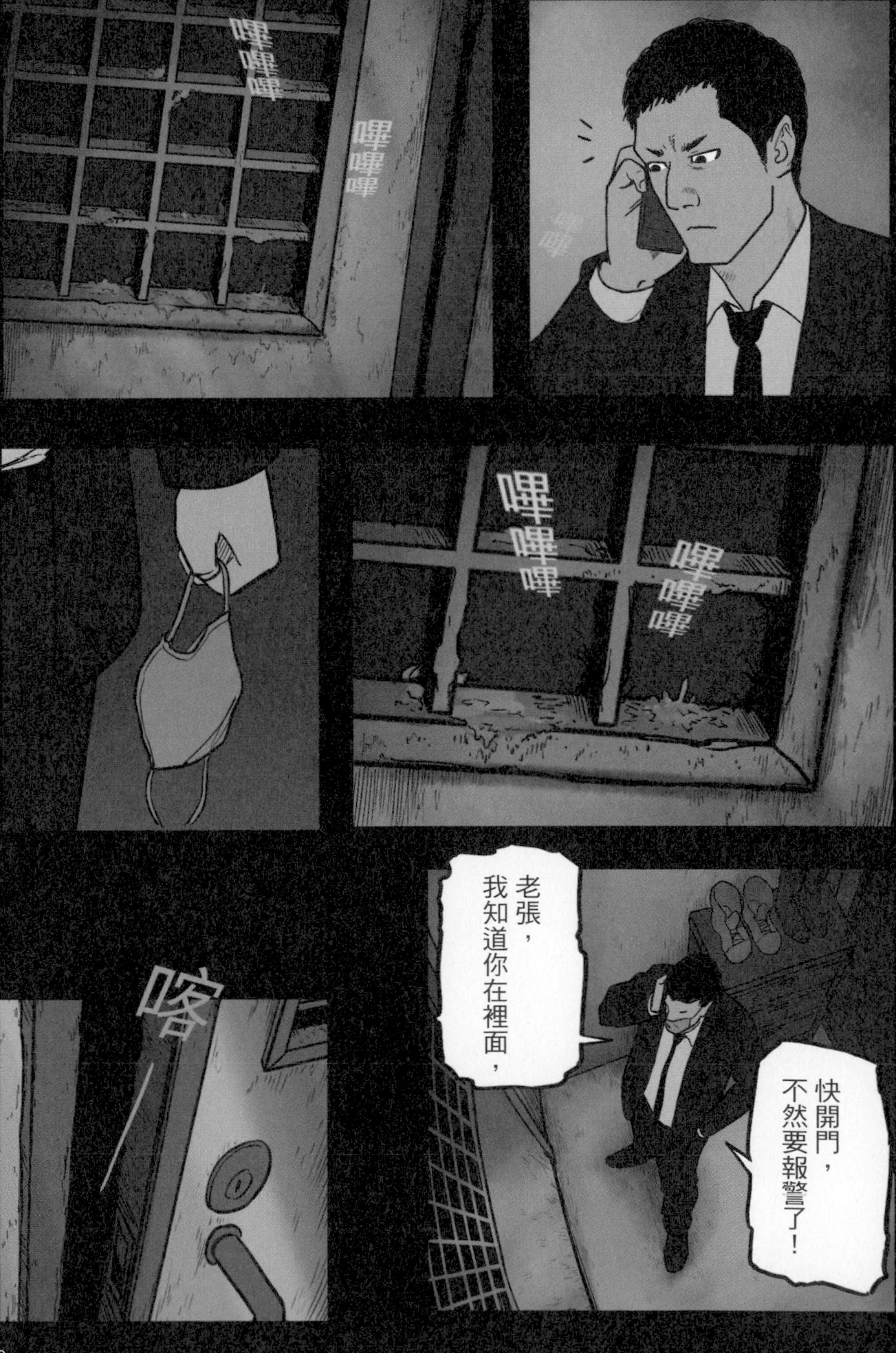
嗶嗶
嗶嗶嗶
嗶嗶嗶
嗶嗶嗶
嗶嗶嗶
老張，我知道你在裡面，
快開門，不然要報警了！
喀

組長……
抱歉……我不是故意要躲起來的……
只是……我真的很害怕……
老張……
你……！

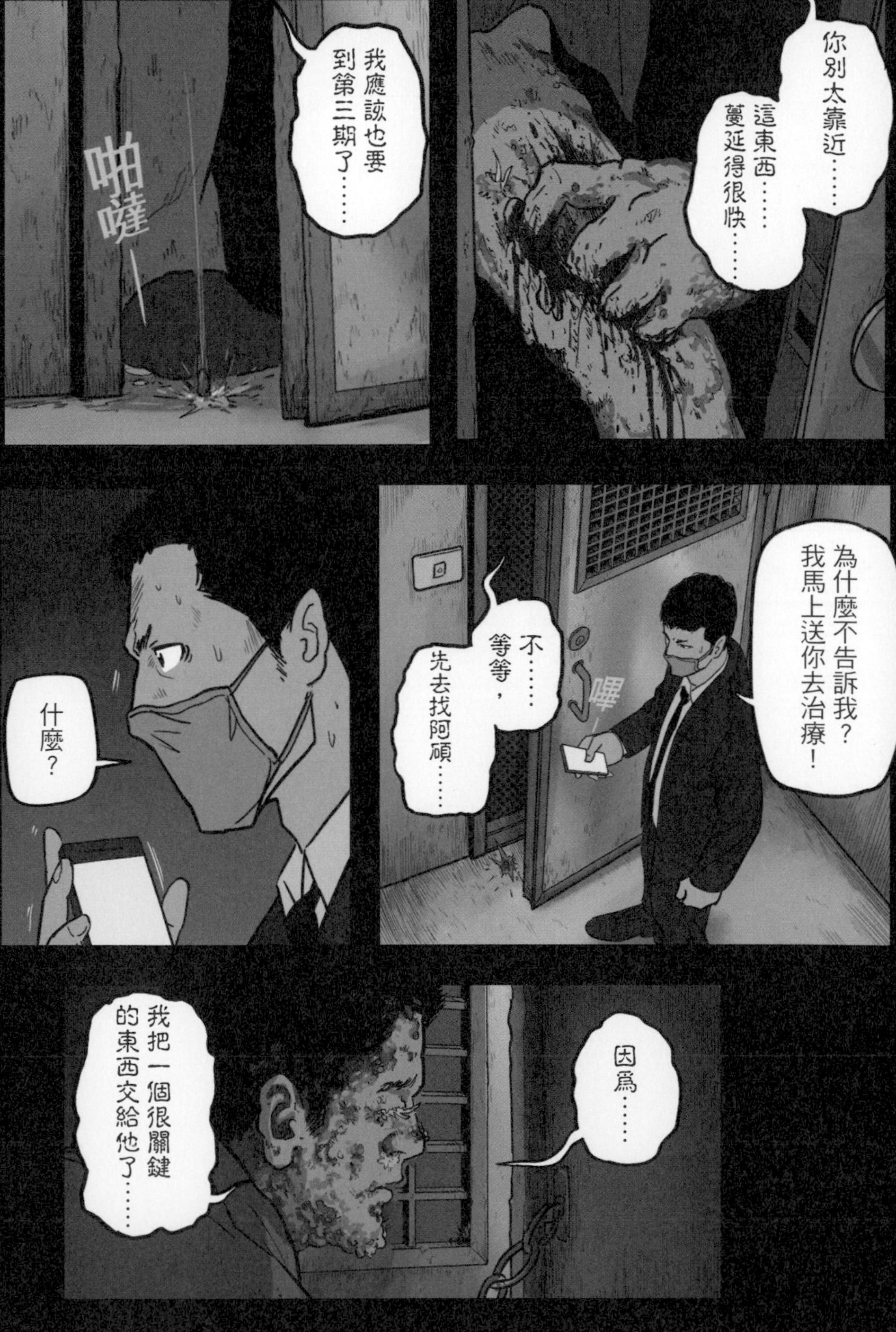
你別太靠近……
這東西……
蔓延得很快……
我應該也要到第三期了……
啪噠
為什麼不告訴我？我馬上送你去治療！
嗶
不……等等，
先去找阿碩……
什麼？
因爲……
我把一個很關鍵的東西交給他了……

對不起，組長……
現在只有他有辦法救我……
我知道你們水火不容……
但是拜託你……我不想死……
答應我，你會去找他！

……
別開玩笑了，偏偏是他……
阿碩……
組長，不好了！
是集體感染通報！

嘿!
……衝啥?
門打開一下!讓我出來透個氣。
一分鐘就好,不會被發現的!
不行!這是上面的命令。
二排弟兄必須全體待在寢室,直到救護車抵達。
矮油~不要那麼沒義氣嘛!
跟你說,我沒有被傳染到啦!你看我身上多乾淨。
喀喀喀喀喀
把門打開一下又不會死,快點啦!
喂!別亂來!後退!

阿鴻，你在幹嘛？
你不來跟我們一起討論嗎？
大家有新發現喔！
好像抓到罪魁禍首了。
對了，你剛剛在搖門？
沒、沒事……
喂！你要怎麼賠償我們啊？
因為你的緣故，害我們這些本來要放假的，
現在哪裡都去不了啦！
學長別這樣說，我也是受害人啊。
受害人？你是始作俑者吧！
啊……

都是你這傢伙！
別打……
把超級濕疹傳染給我們所有人！
好痛……
超級濕疹？
你不知道？是沒在逛批批踢喔？
喂！大家注意！
快來看！來了好多輛車子！
是來接我們的？
可以出去了嗎？
別擠啦！
哇噻……有必要包成這樣嗎？

這次在營區爆發的感染，
共造成三十人遭到隔離，
目前確診有十八人。
這些人都有程度不一的皮疹及發炎。
因為被誤以為是濕疹，導致延誤通報時間，
衛生指揮中心
Health Command Center
至於病患在這段期間的行蹤，
以及曾經接觸過的對象，
我們也會持續追查。
所以病原體到底是什麼？
細菌……還是病毒？
是真菌。

真菌？
?!
怎麼會……
……
我們對這種真菌所知非常有限，
目前推測，
與一種來自南美洲的古老菌種有關。
在座或許有人聽過了，
殭屍真菌。
咔
這是遭到該真菌寄生的螞蟻。
死亡的樣子、行為模式、以及子實體的模樣，
而這是在病房內死亡的患者。
與這次感染病症如出一轍。

難道沒有藥物可以控制病情？
由於目前尚未研發出有效的藥物，
因此若被傳染的話……
死亡率是百分之百！
妳現在感覺怎樣？
吃過藥之後身體有哪裡不舒服嗎？
嗯……
剛才有點頭痛……現在好多了。
不過喉嚨還是癢癢的。

撐著點！
現在也只能靠這些藥物拖延時間。
……我們還能撐多久呢？
像這樣關在地下室、與外界隔絕。
每天接受不明的藥物注射……
別擔心，不會太久的。
現在已經取得進展了，解藥應該很快。
再說，他都拿自己當實驗品了。
嘰

我相信他。
實驗體Ａ：患部出現皮疹及輕微潰爛。
活動時的僵硬感，
顯示菌絲已深入到肌肉組織。
實驗體Ｂ：吸入性感染。
外觀難以判斷菌絲生長程度，
但口腔發現黏膜炎症。
相較之下，
Ｂ的狀況更值得研究，
將列入新型菌株的重點測試對象。

咳咳
咳咳咳
阿正……
咳咳咳
咳咳
快醒醒……
阿正……
……
唔……
好暈……
這是哪裡……
咳咳咳咳
嗚哇……
頭好像快炸開了……
怎麼回事啊？
咳咳咳

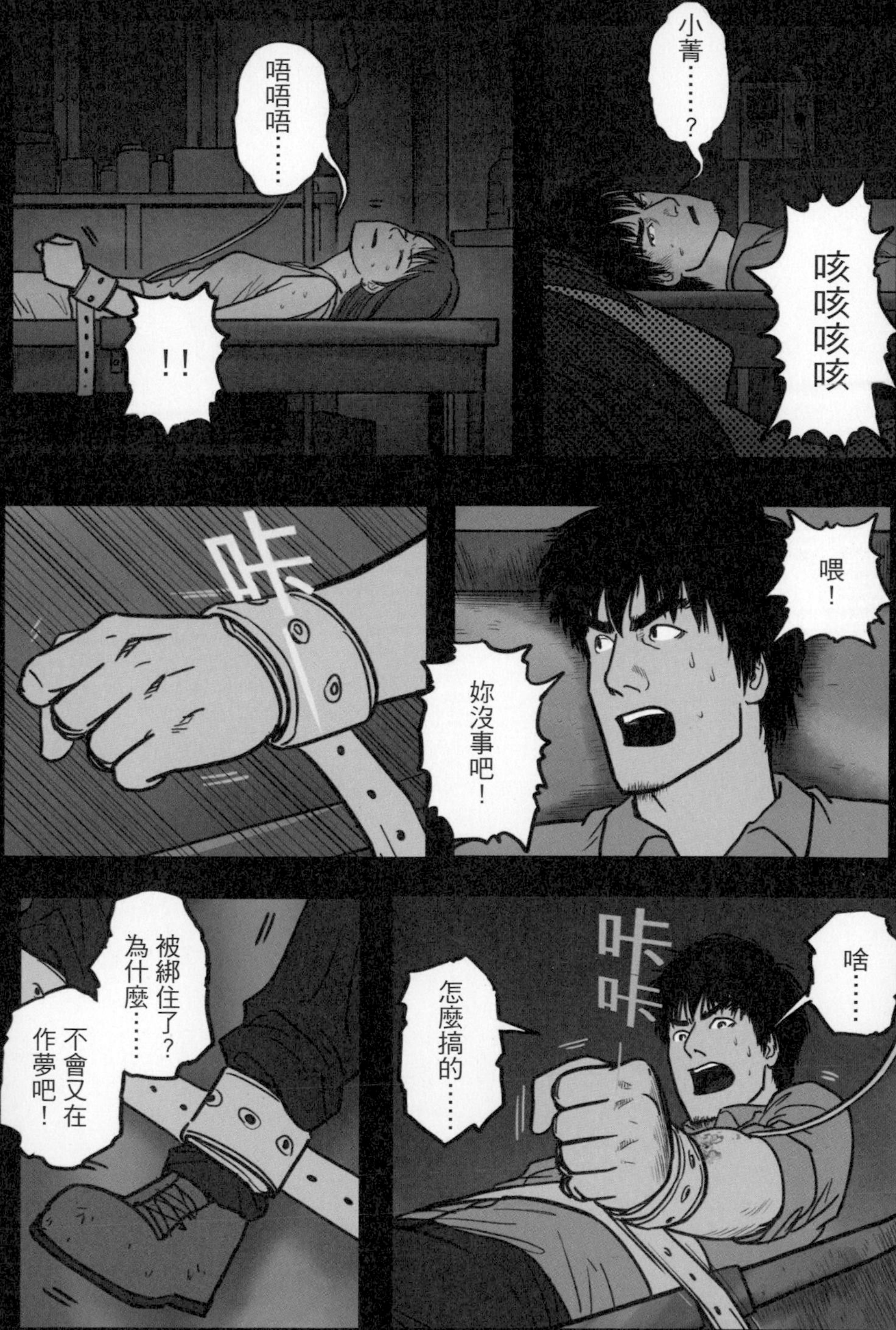
小菁……？
咳咳咳咳
唔唔唔……
！！
喂！
妳沒事吧！
咔
啥……
怎麼搞的……
咔咔
被綁住了？
為什麼……
不會又在作夢吧！

喂！有人嗎？
阿碩？
唔唔唔……
我們被綁住了！
阿正……是他……
咦？
對我們做出這種事的……一定是他……
什麼……這到底是……
怎麼會突然變成這樣？
可惡！頭好痛！
……快想起來啊！

……
……可以進行人體試驗了。
那時候說要開始下一階段了，對，
然後……呃……
然後實驗就開始啦。
！你……！

為什麼要這樣？
都說了會配合實驗的呀！
不好意思，
我要做的實驗可能沒有人願意配合，所以也只能出此下策。
咳咳咳咳咳咳
咳咳咳咳
嗚嗯……
喘不過氣是吧？
小菁！
可惡！
你給她打什麼針？
別緊張，我現在給她注射的，
是解藥的第一和第二劑，足夠令她體內的大部分菌絲老化死亡。
呼
呼

多虧那隻蜘蛛，進展才能這麼順利。
乾杯
……等到清出足夠的空間，
就可以來試驗我的新菌種了。
這次實驗如果順利，
很快你們就會看到了。
屆時……
我們再來好好慶祝！
你到底
呼
想做什麼？

第12話

失控

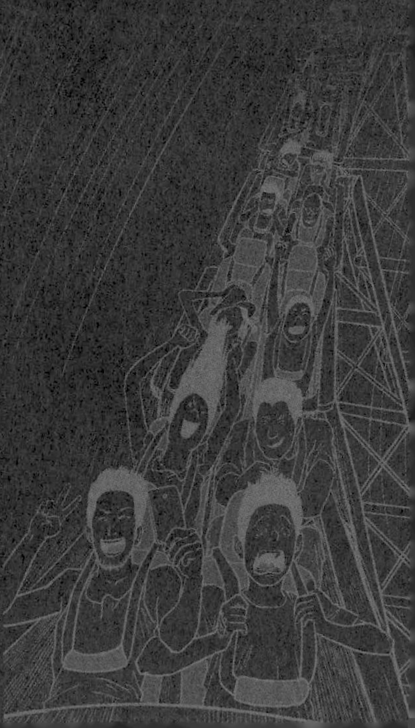

組長……
你找到阿頑了嗎？
……你給我的號碼已經變成空號了。
不過，以前的檔案應該還留著。
我一定會找到他的，你別擔心。
都怪我一時鬼迷心竅，
眞的很抱歉……
有件事我一直瞞著你……
那個大學生的住處藏了蜘蛛……
我把牠……交給阿頑了……

難道是……
對，應該是從那間寵物店流出來的……
都這麼久了……竟然還活著……
組長！有新發現！
我們分析了3號病患身上的菌種。
似乎因為過早進入生殖生長階段，
菌絲不但未能殺死宿主，
甚至停止了生長。
其他的猛爆患者有這個現象嗎？
目前只發現這一例……
很好，加緊腳步研究！

嘰嘰喳喳
玩
遊樂園
Park
哈哈
呀~~~~~~~~
你看你看！
嘩
哈哈
哇
呀哈哈哈哈哈
唔唔……
颼

跑到這麼高的地方真爽！
喂！你眼睛別閉著啊！
……
嘎啊啊啊啊啊啊啊啊
哇哈哈哈哈哈哈
喂，你真的不跟我們一起坐？
咖啡杯你也怕喔？
不是啦……剛剛實在太激烈，我需要休息。
我在這邊等你們就好。
真沒用耶！這樣就不行了，
少囉唆，我是病人耶！
你那只是富貴手啦！
才不是。

嘻嘻……
呀哈哈哈
快一點！
再轉快一點！
要暈了啦！
哈哈哈
啊——怎麼搞的、
最快就只能這樣了嗎？
今天玩什麼都不過癮哪！
啊，看到阿捷了！
喂！我們在這裡喔！
……
……
……

唔……
好想吐……
……手好痛喔！
難道又發炎了？
他今天還真聒噪……
在興奮什麼啊？
喂！我們……
看啊……
喂！這樣很危險耶！
那個人……
坐下啦！
客人……
呀哈哈哈站起來比較好玩啊！
喂！別……
站……
……一起呀！

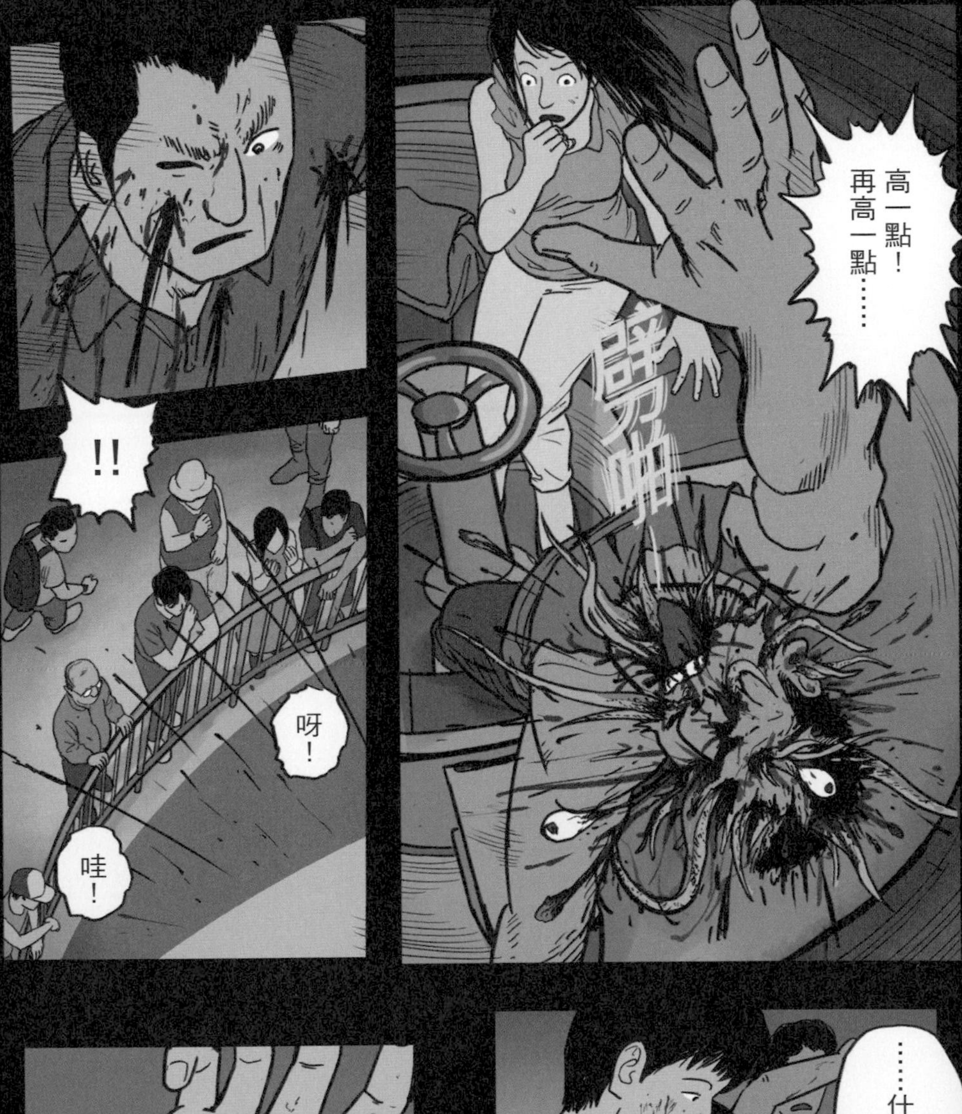
高一點！
再高一點……
劈啪
!!
呀！
哇！
……什麼東西啊？
水？
這是什麼？

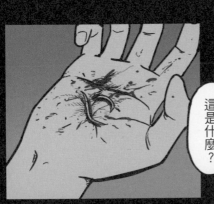

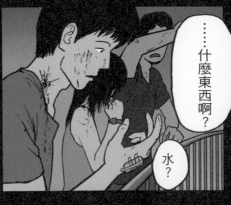

啊！
呀~~~~~
哇！
出事了！
快停下來！
呀啊啊啊

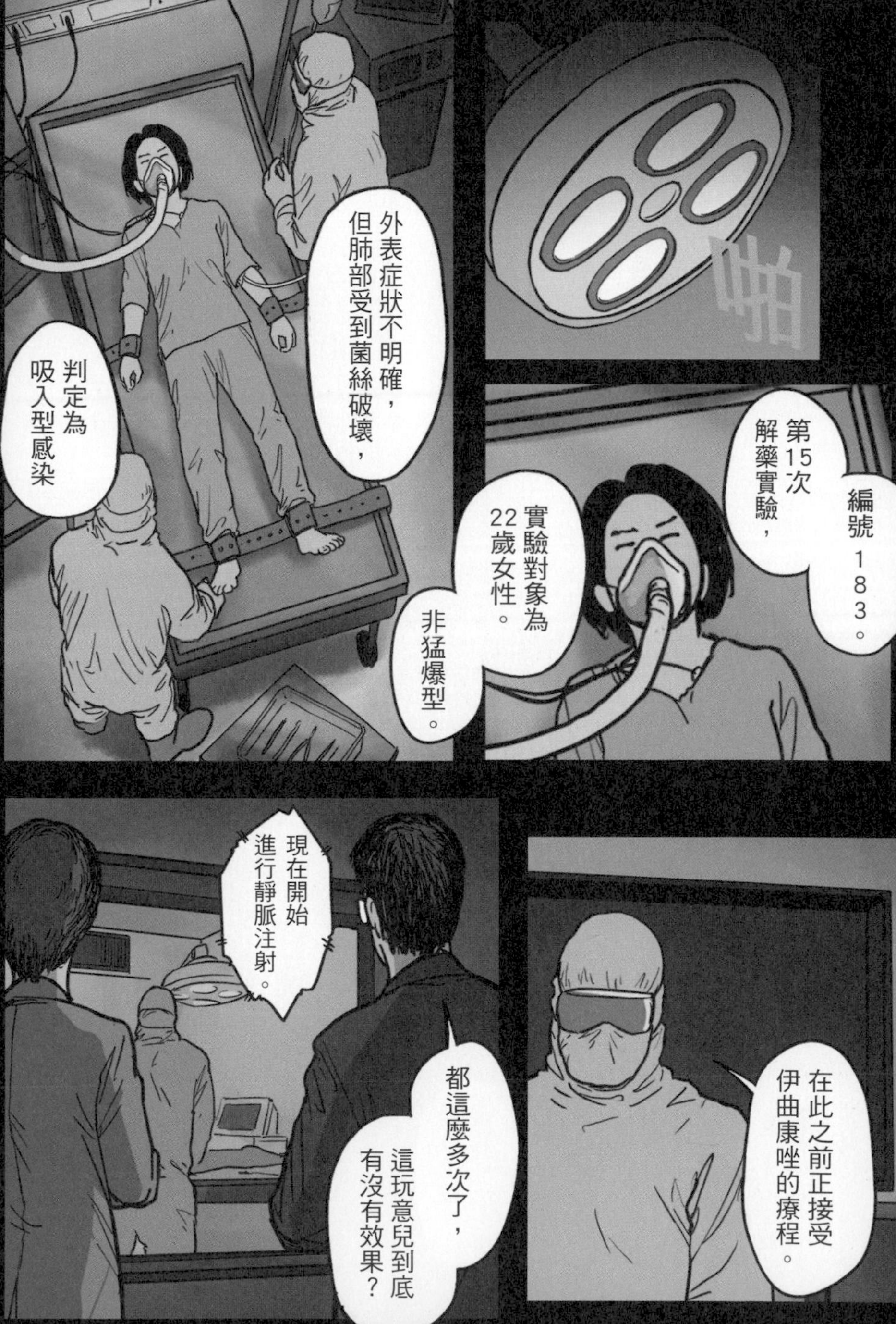
啪
編號183。
第15次解藥實驗，
實驗對象為22歲女性。
非猛爆型。
外表症狀不明確，但肺部受到菌絲破壞，
判定為吸入型感染
在此之前正接受伊曲康唑的療程。
現在開始進行靜脈注射。
都這麼多次了，這玩意兒到底有沒有效果？

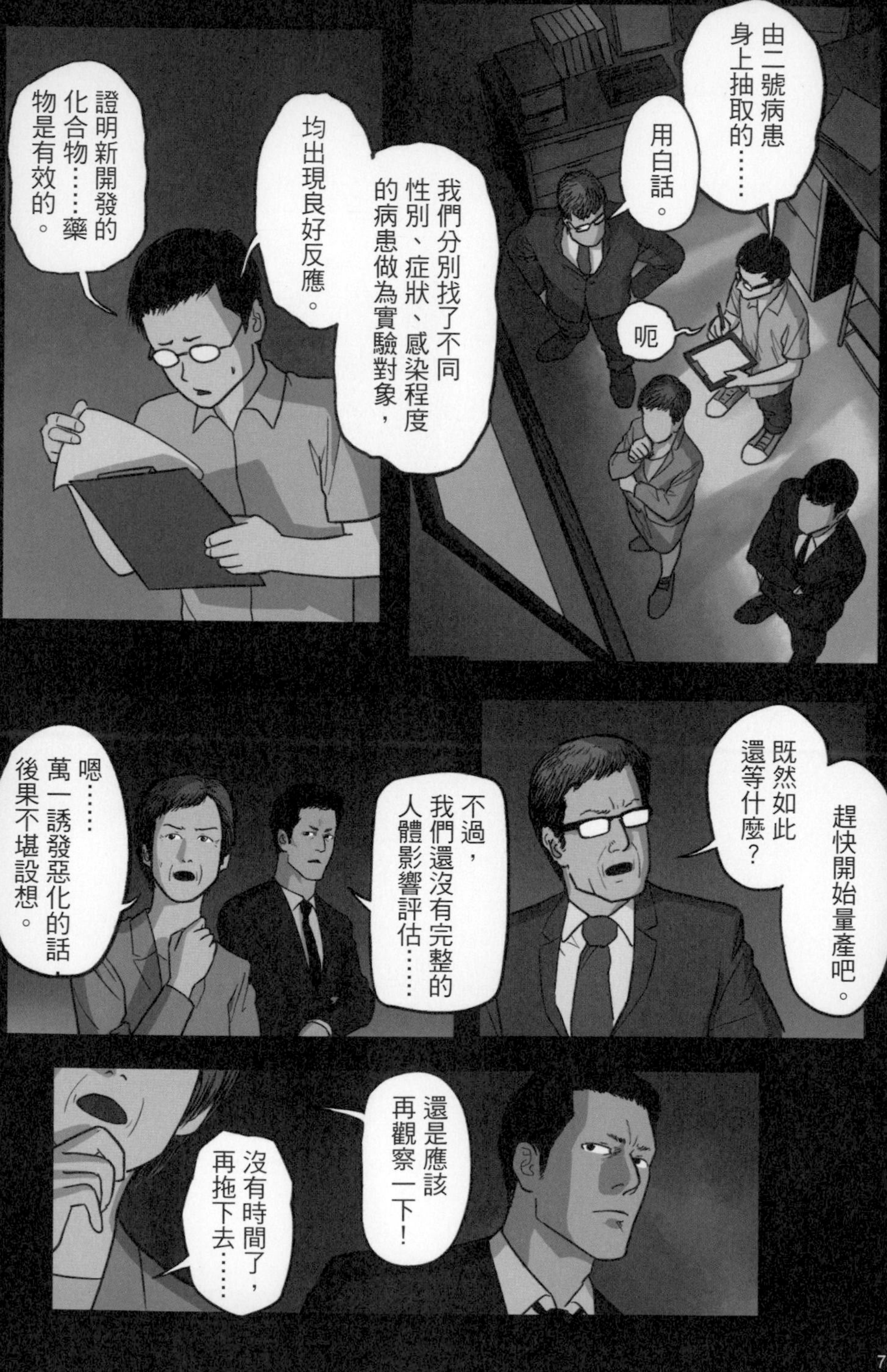
由二號病患身上抽取的……
用白話。
呃
我們分別找了不同性別、症狀、感染程度的病患做為實驗對象，
均出現良好反應。
證明新開發的化合物……藥物是有效的。
趕快開始量產吧。
既然如此還等什麼？
不過，我們還沒有完整的人體影響評估……
嗯……萬一誘發惡化的話，後果不堪設想。
還是應該再觀察一下！
沒有時間了，再拖下去……

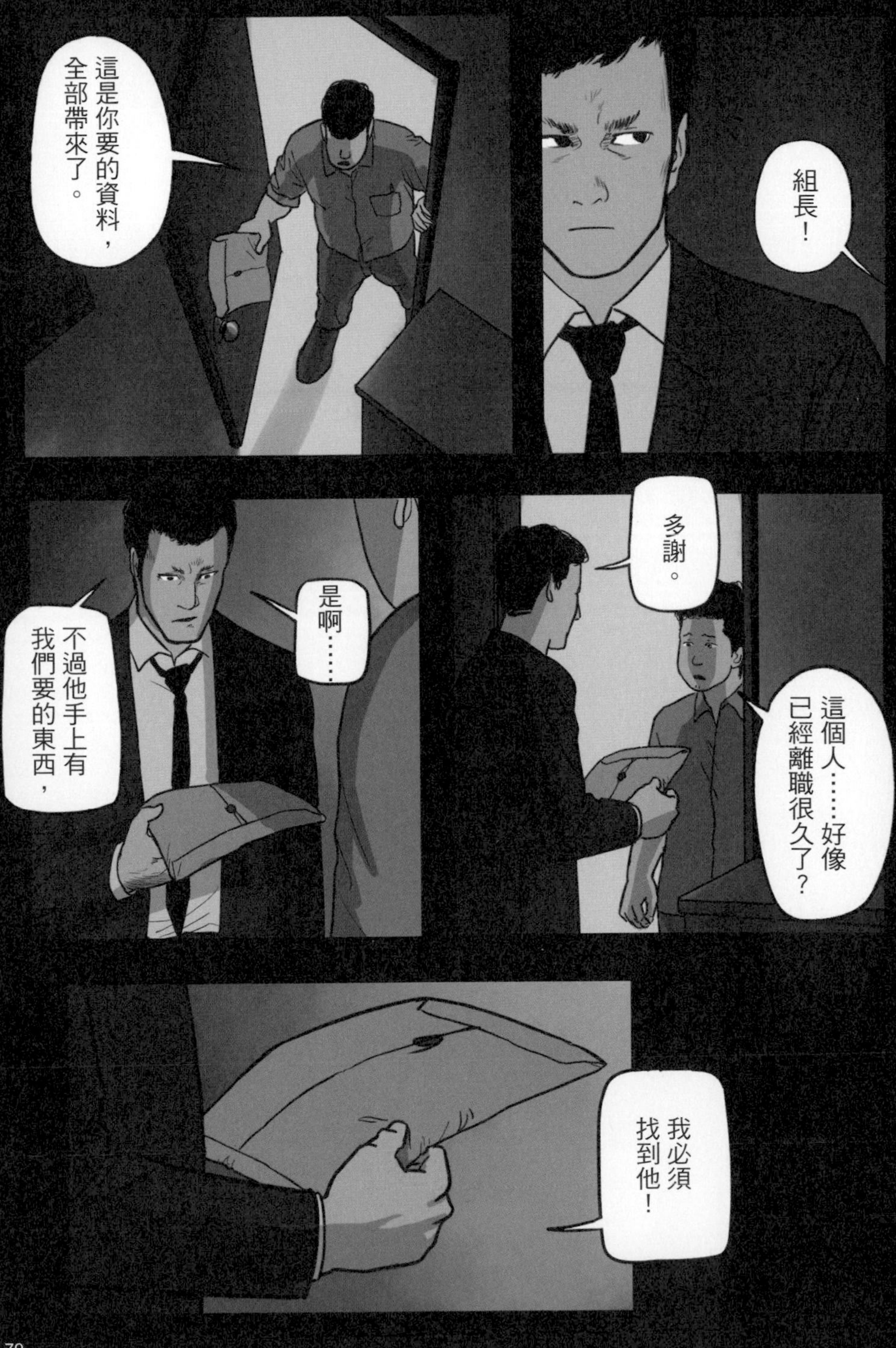
組長！
這是你要的資料，全部帶來了。
多謝。
這個人……好像已經離職很久了？
是啊……
不過他手上有我們要的東西，
我必須找到他！

老侯……
老侯！
已經開始了嗎？在哪一間？
啊……
他們在裡面那間大的。
才剛開始而已，你趕快進去吧。
好，謝了！
這天終於到了……
要跟大眾公開疫情……
不知會不會引起恐慌？
喔……

果然……來了好多人……
議論紛紛
……確實有罕見的真菌感染發生的狀況
議論紛紛
啪嚓
不過那都是零星案例。
議論紛紛
啪嚓
至於這次在遊樂場所發生的意外，
議論紛紛
啪嚓
啪嚓
是因為患者對自身健康疏於照護，所以未能及早治療。
啪嚓
啪嚓
啪嚓
啪嚓
我再說一次，並沒有大規模傳染的事情發生！
國內從收到第一例通報開始，就嚴密堅控疫情。
啪嚓
確實做到滴水不漏的防疫措施。
啪嚓
啪嚓
目前第一批解藥已經完成，接下來也會跟藥廠合作量產。

接下來請鄭小姐發言。
是的……
啪嚓
啪嚓
如各位所知，我是第一例完全康復的病患。
昨天剛出院回家休養。
啪嚓
啪嚓
啪嚓
呃……我在住院期間得到非常良好的照護……
是不是有留下疤痕？
妳的臉怎麼了？
可以讓我們看一下嗎？
啪嚓
啪嚓
啪嚓
這個……
好的……
現在就讓各位看看……
！！
議論紛紛
天啊……

啪嚓
啪嚓
啪嚓
啪嚓
啪嚓
啪嚓
啪嚓
啪嚓
啪嚓
啪嚓
組長！
怎麼突然決定要量產解藥了？
上次不是說要再觀察一陣子嗎？
沒辦法，上面等不及了。
那個傢伙……對外說得很好聽。
這麼隨便就將新藥推出，根本愚弄人！
祈禱別出事吧！

成長得非常快速呢。
看來得給你多補充點養分。
還挺得住吧？這孩子吸收力出乎意料的強呢。
唔……
你……

嗯？你說什麼？
變態……
喔，全身無力嗎？
那是正常的，畢竟……
你正在提供營養嘛！
小菁……
放過她……
用我……
放心，你們不會死的。
我會視情況調整解藥的劑量。
劑……量？

很簡單，量太多會殺死真菌。
量太少，你們會被真菌殺死。
喀啦喀啦喀啦喀啦
喀啦喀啦
就快了……再等幾天……
理想國度……就會來臨……
呼……
等它再成熟一點……
……好的，現在位置是聯合醫院門口。
排隊的民眾已經把醫院塞得水洩不通。
這間醫院目前提供首批真菌感染病的解藥，
許多疑似感染的民眾紛紛前往就診。

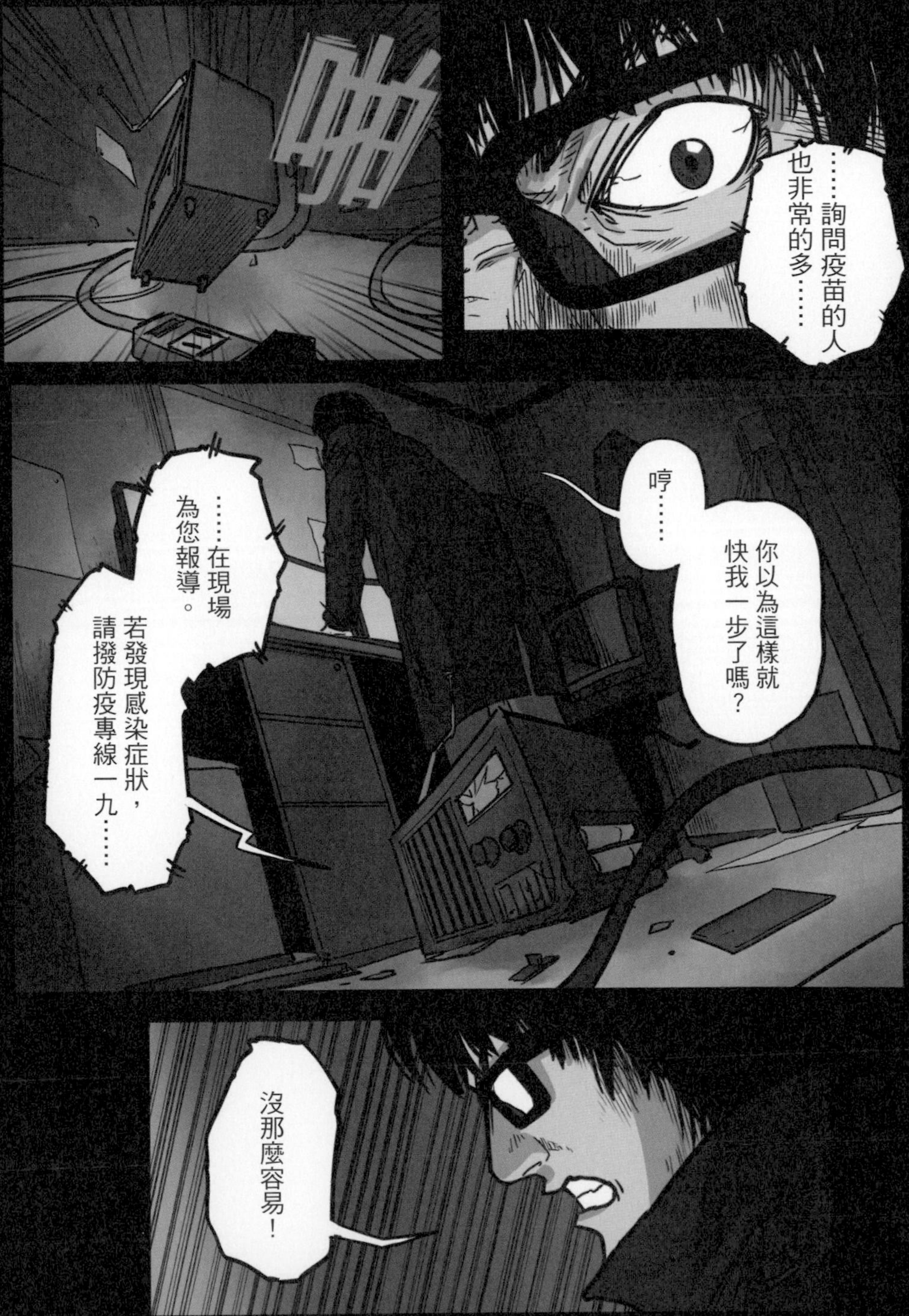
……詢問疫苗的人也非常的多……
啪
哼……
你以為這樣就快我一步了嗎？
……在現場為您報導。
若發現感染症狀，請撥防疫專線一九……
沒那麼容易！

第13話

黑雨

來唷！
參考看看……
新鮮現打！
啪
嗯？
什麼東西？鳥屎？
啊，又來了！
啪
哇……黏黏的……
好噁心！
嗞
咦？怎麼有灼熱感？
!?
痛！

下雨了？
機油？
有東西滴下來？
誰啊？
啊！好痛！
有人潑鹽酸！
哇！
快躲到騎樓下！
好痛！
在那裡！
是那個東西在噴！
那是什麼？
嗡

哇
嘔、好噁心！
痛！
好臭！
你在哪裡？
老媽！
……
救命啊！
快跑！
女兒呢？
……

老闆！有沒有皮膚炎的藥膏？
我要止癢的！
還有沒有感冒藥？
胃藥……
我買下店裡全部口罩！
我要眼藥水！
老闆你幫我看一下這是怎麼了？
不要推擠！
呃……
口罩已經賣完了……
呀啊
怎麼了？
誰在尖叫？
別過來！
怎麼回事？
我要買眼藥水……
老闆……
抓抓
!!
你、你不准進來！
請你去醫院！

嗚哇
痛！
好冷……
護理師！
咳咳咳
流血了！
救救我！
啊啊
癢死我了
嗚嗚嗚
好想吐……
快點！
好難過……
好……
唔嘔……
嘔嘔嘔嘔嘔

護理師，我兒子癢得快受不了，
能不能先幫他處理一下？
啊、請稍等，
馬上會有人……
稍等？
他已經躺在那邊十分鐘了！
為什麼都沒有人去關心他？
別激動……
好痛！
住手！
你們到底在幹什麼？
我兒子的命不值錢嗎？
喂！醫生！
不是說這間醫院有解藥嗎？
為什麼不趕快給我們？
抓抓
耐心點！我們也在等藥來！
快撐不下去了……
護理長！他們到了嗎？
在外面了。

……
……病患都集中在這了？
……
……
好，全部帶上車吧。
記得不要引起恐慌。
明白。
！
嗡
怎麼了？
……你說什麼？
第二波……黑雨？

……現在記者位於醫院門口，可以看到大批民眾被帶上醫療專車。
據了解，這一波不明原因造成的集體感染，
應與昨天晚間被刻意噴灑的黑色液體有關……
呵呵……看到了嗎？
……
完全兵荒馬亂了呢！
產了不少孢子。
你幹得不錯！新種真菌的培育很成功。
繼續保持下去，理想世界就快實現了！
你瘋了……

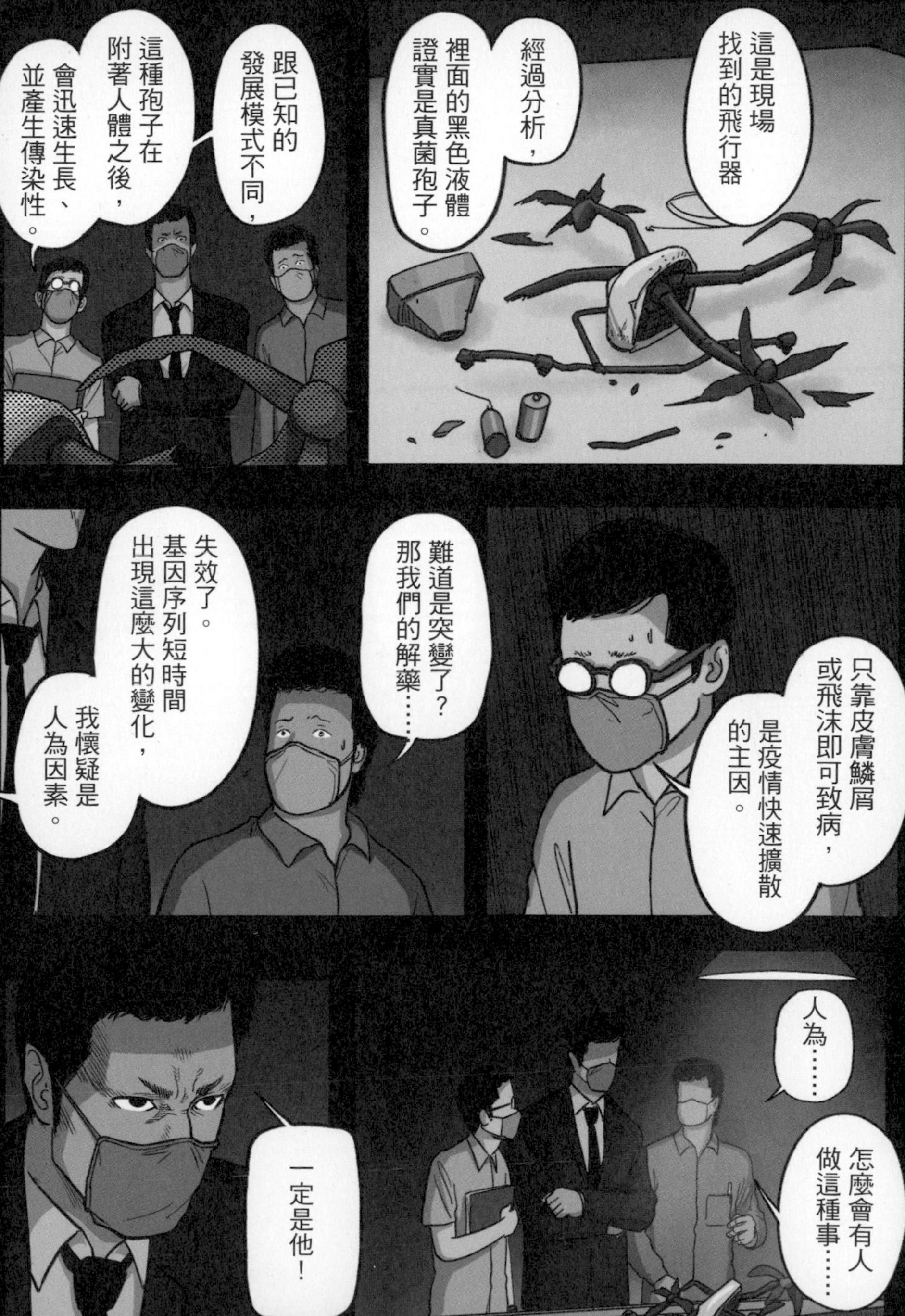
這是現場找到的飛行器
經過分析，裡面的黑色液體證實是真菌孢子。
跟已知的發展模式不同，
這種孢子在附著人體之後，會迅速生長、並產生傳染性。
只靠皮膚鱗屑或飛沫即可致病，
是疫情快速擴散的主因。
難道是突變了？那我們的解藥……
失效了。基因序列短時間出現這麼大的變化，
我懷疑是人為因素。
人為……
怎麼會有人做這種事……
一定是他！

阿碩！
你躲在哪裡？
肯定有留下什麼……
教授……

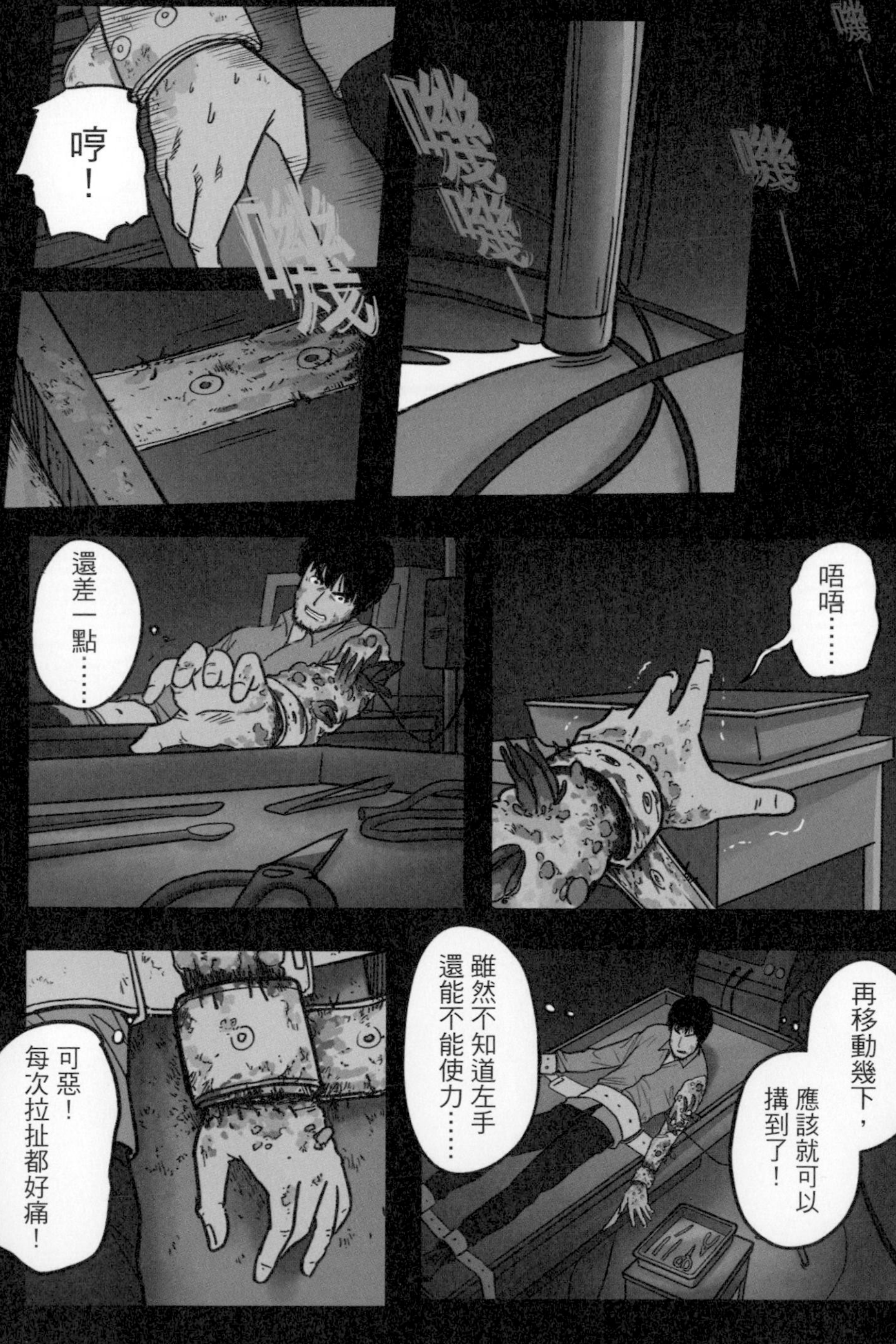
嘰
嘰
嘰嘰
哼！
嘰
唔唔……
還差一點……
再移動幾下，應該就可以搆到了！
雖然不知道左手還能不能使力……
可惡！每次拉扯都好痛！

小菁，妳還可以嗎？
再忍耐一下，我想辦法解開這個！
我還好……
只是呼吸有點不順……
你說他……散佈出去的變種真菌，
是從我們身上培育出來的？
嗯，這或許才是他一開始的目的吧。
找人當培養皿。
我知道他有做解藥，
一定要設法搞到手，否則大家都會完蛋！
喝啊！
！

哇
阿正！
沒事吧！
阿正！
我沒事……
嘰—
回答我呀！

唔唔……
這是什麼……
血嗎？我受傷了？
不對，這些黑黑的是——
哈哈……壓爛了吧……活該……
！痛……
怎麼搞的……
可惡……我的手……
剛才發出那麼大的聲響，他或許聽到了……
不管怎樣，先脫身再說！
那把比較近，就是它了。

嘰嘰
呼
呼
唔唔……
……
呼
阿正，我好像聽到腳步聲了！
喀喀
噠
噠
……你們還真是不安分啊。

看你做的好事……
你在搞什麼？想唱反調？
以為這樣可以拖慢我的進度？
說話啊。
住手！
妳閉嘴！
誰都別想給我搞破壞！
呸
喂！你就這麼點力氣啊？
這樣也想幹大事？

你去哪？
喂！有本事衝我來！
……好吧，你自找的。
你如果不願合作的話，就只是個無產量的累贅。
我這裡不需要廢物。
當然，你曾經為實驗帶來不少貢獻。
現在你的任務結束了。
實驗體Ａ，現在準備進行銷毀。

……你在說什麼？
實驗體A？銷毀？
做實驗就是這麼回事。
接下來該你女朋友表現了。
別擔心，我會好好栽培她的。
你……
別開玩笑了！

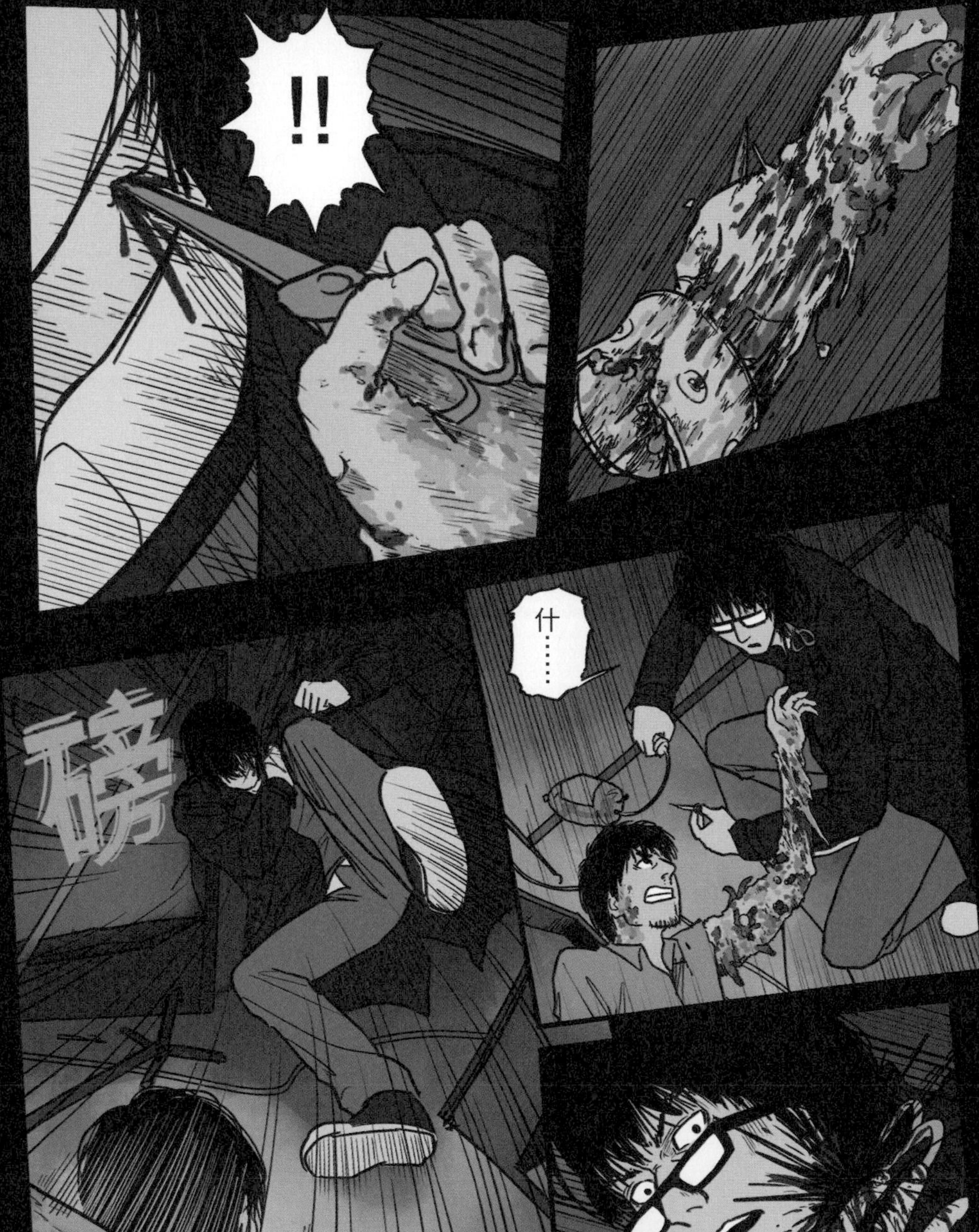
!!
磅
什……

小菁，妳等一下！
我馬上幫妳解開！
發生什麼事了？
先出去再說！
阿正！你的手……
唔……
沒事，妳還走得動吧？
混……帳……

噠噠達
噠噠達
咳咳咳咳
是這裡……原來有暗門！
阿正，你看，
！
怎麼會變成這樣？

咳咳
……我也不知道，先找解藥吧！
咳咳咳
好噁心！連外面也是……到底怎麼回事啊？
有了，記得看他拿過，
解藥應該存放在這個冰箱！
好！全部帶走！
快、都裝起來！

喂，小楊嗎？
我現在在過去的路上，
有什麼事你就打這支手機。
嗯，我知道那裡是疫區。
但我非去不可。
那個人的父親有一間小型實驗室，
我想也只有那地方……
足以供他祕密進行這種實驗。
……嗯？

嘰
前方現在是感染管制區域，請你改道。
我是疾病管制署的人，
有公務在身，讓我通過。
疾病管制署？
那你應該知道，前面要進行大規模消毒吧？
嗶嗶嗶
這個號碼……
嗶嗶嗶

傷腦筋……
不應該讓你們保有意識的……
真是失算……
……
咦？
……小菁，妳帶著解藥快走！
去疾管署！
快點！

咳咳咳咳
咳咳
嗚嗚……
嘶
我的呼吸……
不對勁，霉味好重！
呼
必須……
去求救……
咻
呼
對了！打電話……
呼
咳咳咳
記得曾經看到過……

啪
咳咳咳
呼
呼
在哪裡？
有了！
咳咳咳咳
呼
呼
那個人的名片……
呼
嗶
……喂？

李先生嗎？
是疾管署的李先生？
是的，請問妳是？
奇怪？這聲音好熟……
我……之前……
咳咳咳
可以治好這次的感染！
我們拿到解藥了……
喂？聽不清楚。
咳咳
……他拿我們實驗……
實驗？妳說什麼？
咳咳咳
是一個叫阿碩的人……
……他說……
帶到……實驗室……
……我們……

嘟
喂？妳說的實驗室，
是在地下一樓嗎？
……
喂喂喂？
喂！
停下來！
嘖！

你這瘋子！
到底想幹什麼？
想幹什麼？呵呵……
很快你就會知道。
淨化……
已經開始了……

第14話

浄化

咳咳咳
咳咳咳咳
呼
為什麼……
外面會變成這樣？

！
咳咳咳
好難過……
咳咳……
呀
好痛……
嗚嗚……
……

咳咳咳咳
咳咳咳
咳咳咳咳咳
呼
嗯嗯……
呼
呼
……
……不行了嗎？
呼

唔……

呵呵……
沒想到揍人還挺痛快的……
菌絲應該已經深入到你的四肢，現在的你只有當沙包的份！
可惡……手腳……不聽使喚……
連站都……
哇
好了，鬧劇到此為止。
雖然想把你留到最後，讓你欣賞我的成果……
但你實在太礙事了。

說什麼淨化……
還不就是把大家都害死！
這樣對你到底有什麼好處？
都到了這個地步，
你還不明白嗎？
共生……
才是最好的選擇！
顯然這真菌很頑強，
無論我如何加緊腳步研發，
都追不上它突變的速度！
但看到那隻蜘蛛，我才明白……
只有一個方法能夠活下去！

只有生存受到威脅時，才會誘發它的突變。
……所以只要讓所有人維持感染，跟它和平共處，就不會再有死亡！
現在正是關鍵期！
我要找出適合的基因，培育成疫苗，給剩下的人使用。
我需要更多實驗數據，
不許任何人妨礙我！
呼……
不能……在這裡倒下……

真沒想到……
裡面竟然變成這個樣子……
那是……
！

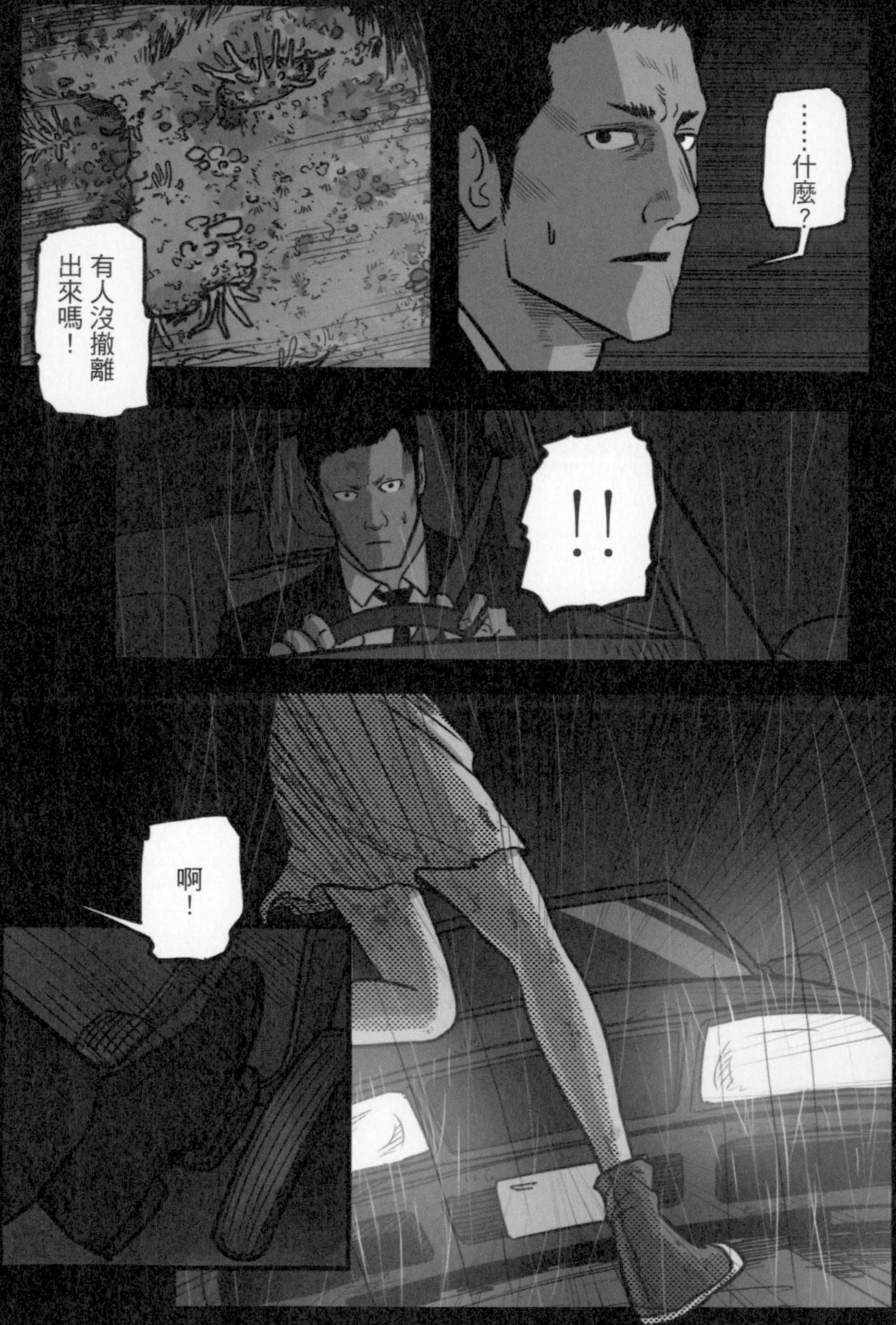
……什麼？
有人沒撤離出來嗎！
!!
啊！

妳沒事吧！
唔唔……
還好嗎？有沒有受傷？
是你……
解藥……帶出來了……
拜託……
救救阿正……

唔唔……
喂喂，真難看啊！
站起來！
別擔心，這只是麻醉針。
不會讓你在這裡汙染實驗室的。

!!
你……
唔喔喔喔喔

嗡
給我放手！
哇！

嗚……
怎麼……

呼
呼
呼
呼
……
呼
唔……

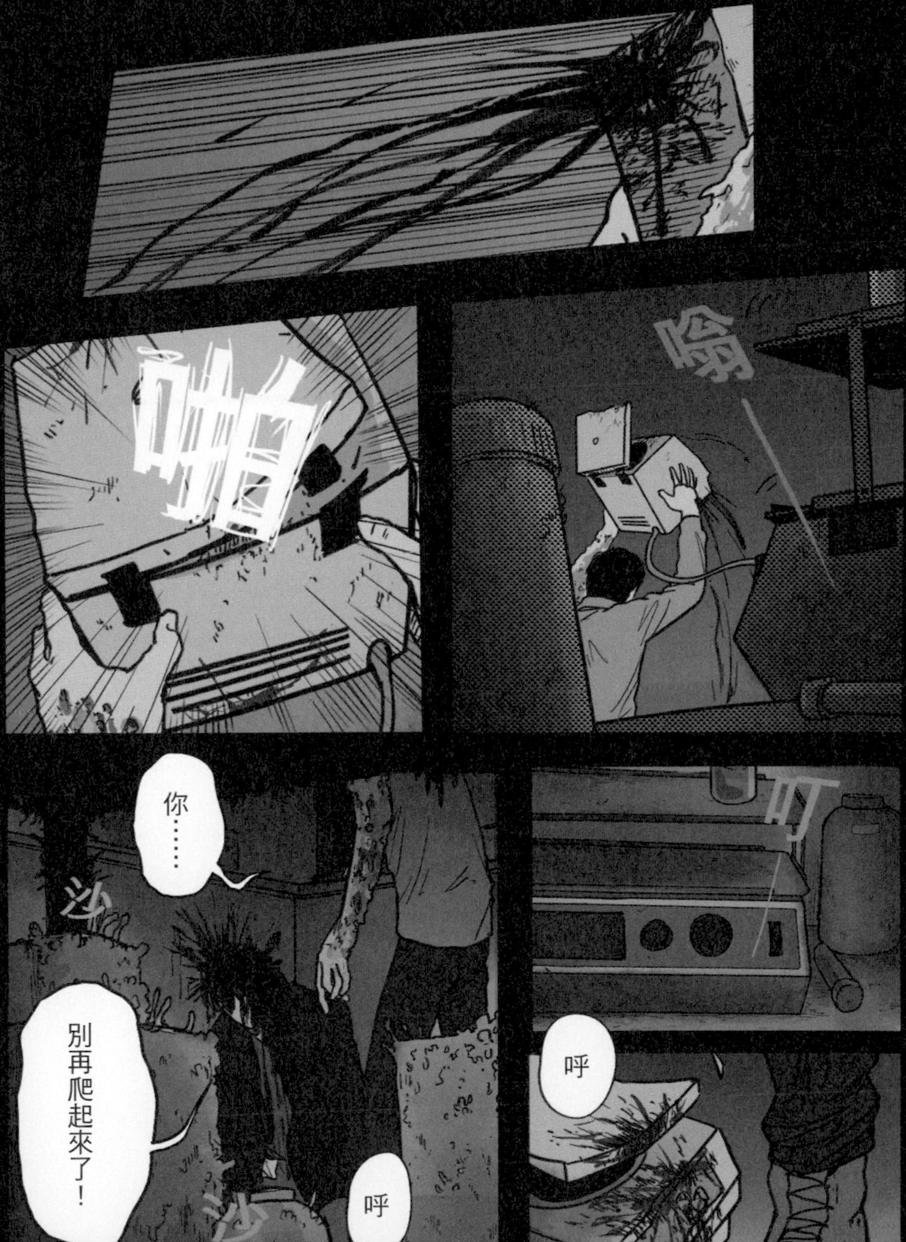
嗡
啪
叮
呼
你……
沙
別再爬起來了！
呼
沙沙

呼
……
……是錯覺嗎？
真菌蔓延得好像有點誇張……
不妙……手又痛起來了……
跟那時候的感覺一樣……
趕快離開這鬼地方吧……
窸窸窣窣

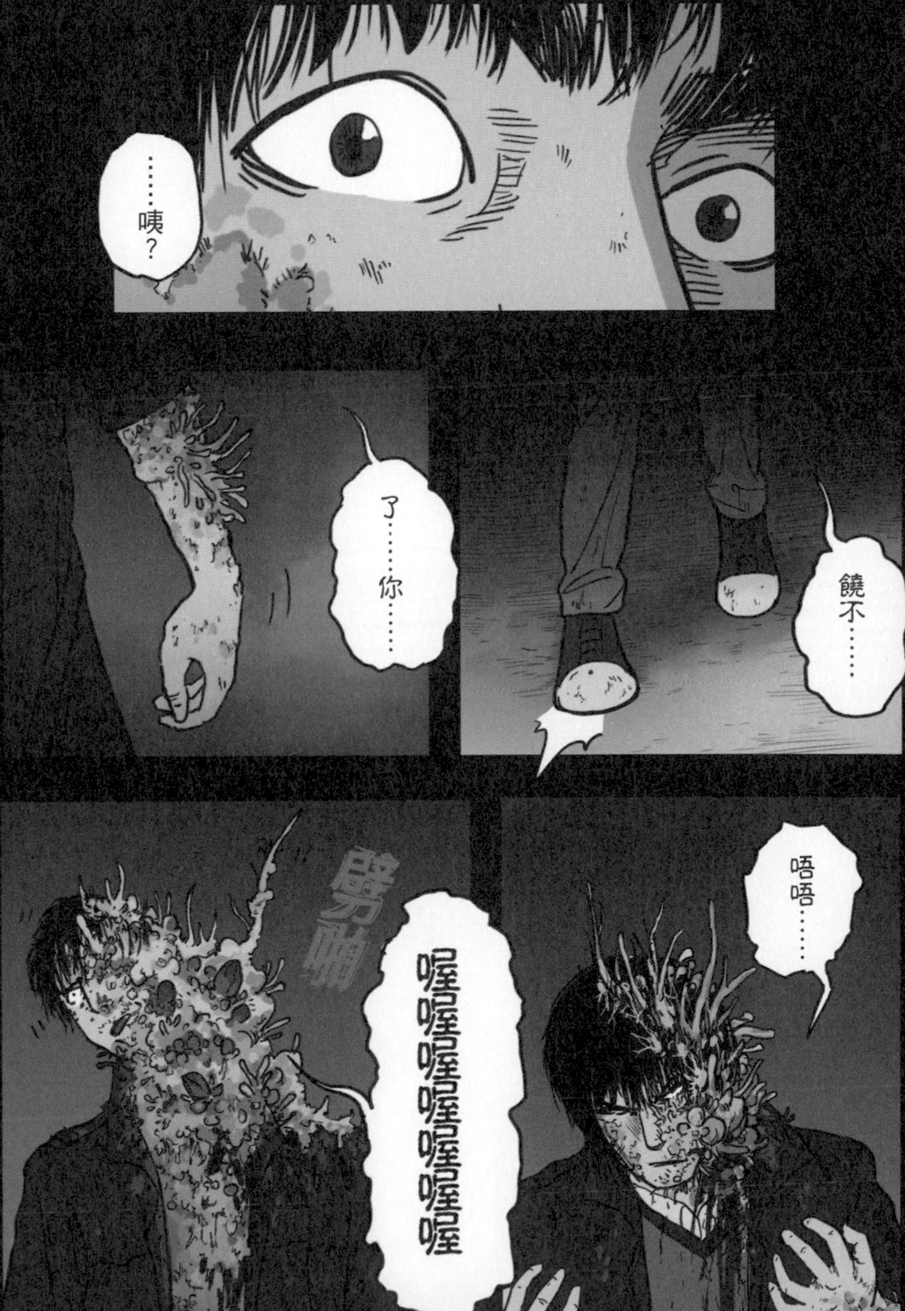
……咦？
饒不……
你……了
唔唔……
喔喔喔喔喔喔喔喔
劈啪

……!!
嗚嗚……好痛……
慘了！
菌絲……在劇烈生長？
難道我也會變成那樣嗎？

可惡……
我不想死！
不想死在這裡！

咳咳咳
阿正！
小菁？妳怎麼跑回來！
我找人來幫忙了，
快起來！
我們離開這裡！
咳咳
咦？

！
等……
小菁！

阿正！救救我！
這些東西……
我馬上拉妳出來！
這是什麼……

黏住了……
可惡！
……
大叔！幫我一把！
快點！
啊，
唔唔……

怎麼辦……
越來越多了！
可惡……這樣下去不行！
該怎麼辦……
撐住！我有辦法了！

大叔、用力拉！
嘶—
嘶—

噗
啊
啪
大叔，借個火！
不能讓他一直增生，你們先走！
阿正！
別擔心，我會趕上！
快走吧！

!!
哇！
什麼鬼……
弄不掉!?
想阻止我嗎……

啪啪

咳咳
咳咳咳咳
阿正……
怎麼還沒趕上來？
咳咳咳
先出去再說、我們……
呀！

……
咳咳
咳咳咳
唔唔……
妳……沒事吧？
受傷了？站得起來嗎？
可以……
喂，是我。
咳咳咳
我在疫區裡面，馬上派一組人過來。
A級防護！
咳咳
咳咳咳咳
嗯，拿到了，
這裡還有兩名病患。
別問那麼多了！
快點！

第15話

希望

喀
喔……
這就是……
解藥嗎？
看起來很普通嘛……
真的。
組長，這種來路不明的藥，
真的可以使用嗎？

別廢話了，趕緊開始處理吧。
先搞清楚裡面是什麼。
那兩個人都安置好了吧？
是的。
密切注意他們的情況，有任何變化都記錄下來。
另外，馬上安排動物實驗。
越快越好。
啊，組長，
關於這件事……
署長，我們才剛取得這個藥物，
什麼測試都還沒做，
現在就對外宣布實在太冒險
沒時間了！
現在已經人心惶惶，我們需要好消息！

再來個閃失，
我就要下臺了，
你懂不懂？
聽好，
做這藥的人是個
很優秀的年輕人。
他跟他爸都是
搞真菌研究的吧？
這方面能力
無庸置疑！
……不是
這個問題，
我們還不了解
藥物的特性，
這樣是
違反程序的！
現在是非常時期，
沒空一步步來了！
他們等不了
那麼久！
這裡有很多
重症病患，
立刻進行投藥
並記錄所有過程！
臨床報告
不就出來了？
這你也
做不到？

我不會現在就開記者會，
給你兩個禮拜的時間，把數據拿出來！
兩個禮拜之後，我要聯絡藥廠。明白嗎？
他們都在等我的電話了。
反正你給我控制好局面！
……
很高興跟各位宣布，
在全體同仁日夜不懈的努力下，解藥已經完成三期臨床試驗。
即將交由全球五家藥廠量產。
這是一個令人振奮的消息……
……顯示疫情已進入倒數階段。

……已經沒有新增病例……
關於病患的後續治療……
他說疫情要結束了耶，你相信嗎？
啊……有可能吧……
畢竟都拿到解藥了……
可是，你不覺得有點太快了嗎？那之後也才過兩個禮拜……
……不知道，也許他們縮短了檢驗過程……

午安。
這次要給兩位抽個血。
……可以說情況相當樂觀……
啪
新藥使用到現在，有任何地方不舒服嗎？
我只覺得傷口很痛！
是嗎？
一般對抗真菌的藥物多少都有一些副作用……
但是……這幾天我們的確有明顯好轉呀。
是啊……
是這樣沒錯……

3號病患，新藥實驗第五週。
生命跡象穩定。
菌絲於四週前停止生長，全身多處子實體持續老化衰退。
咻
體液抽取完畢，準備採集樣本。
啊
他剛剛動了！
那只是肌肉抽搐而已。

病患的大腦已經被菌絲破壞，
要恢復意識應該是不可能。
此外，這幾週的試驗報告裡，
受試者的菌絲體雖然都萎縮了，
但並未消失，
血液中也依然檢測到孢子。
……簡直像是休眠一樣！
在人體內……這有可能嗎？
但殘存的菌絲似乎不影響生理機能，
目前復原情況也十分良好。
雖然時間上有點匆促，
總之以現在這個結果來看，
我認為實驗是成功的。
……

追求卓
健康
……為您現場連線報導，
經過三個月的隔離治療，
現在第一批康復者準備出院了。
可以看到有相當多的這個家屬，
焦急地在門口迎接。
現場是擠得水洩不通！
對、要回家。
等不及了。
很高興啊！好不容易出院，
等一下要去吃大餐！
……
……
來了好多記者……

這一切……
終於要結束了……
……嗎？
咦？妳說什麼？
我說，你的手要包起來嗎？
嗯……
不要好了。

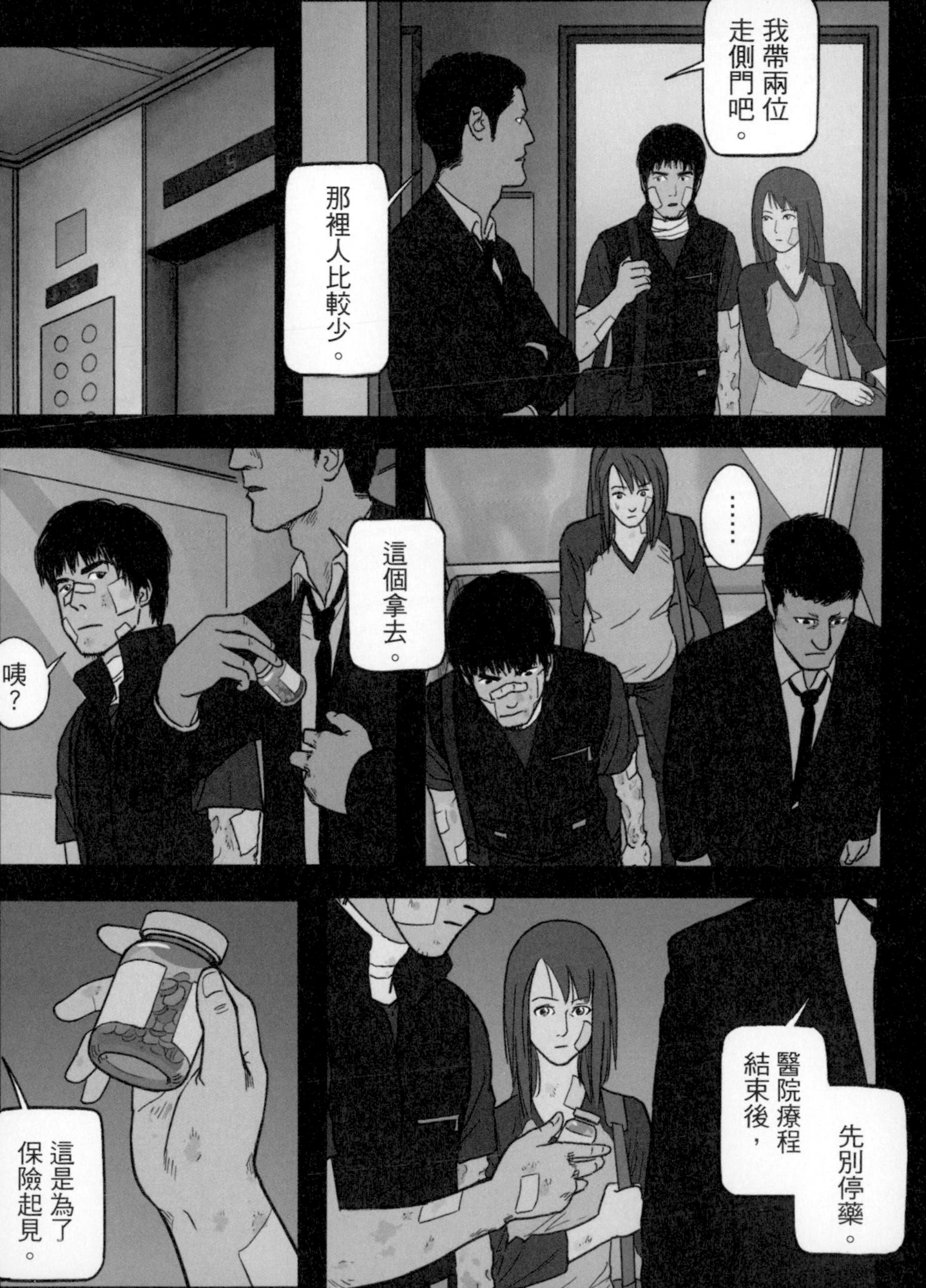
我帶兩位走側門吧。
那裡人比較少。
……
這個拿去。
咦？
醫院療程結束後，先別停藥。
這是為了保險起見。

好了，我就送兩位到這裡。
之後要定期回診啊！
等一下！
嗯……
我們……很感謝你……
保重。

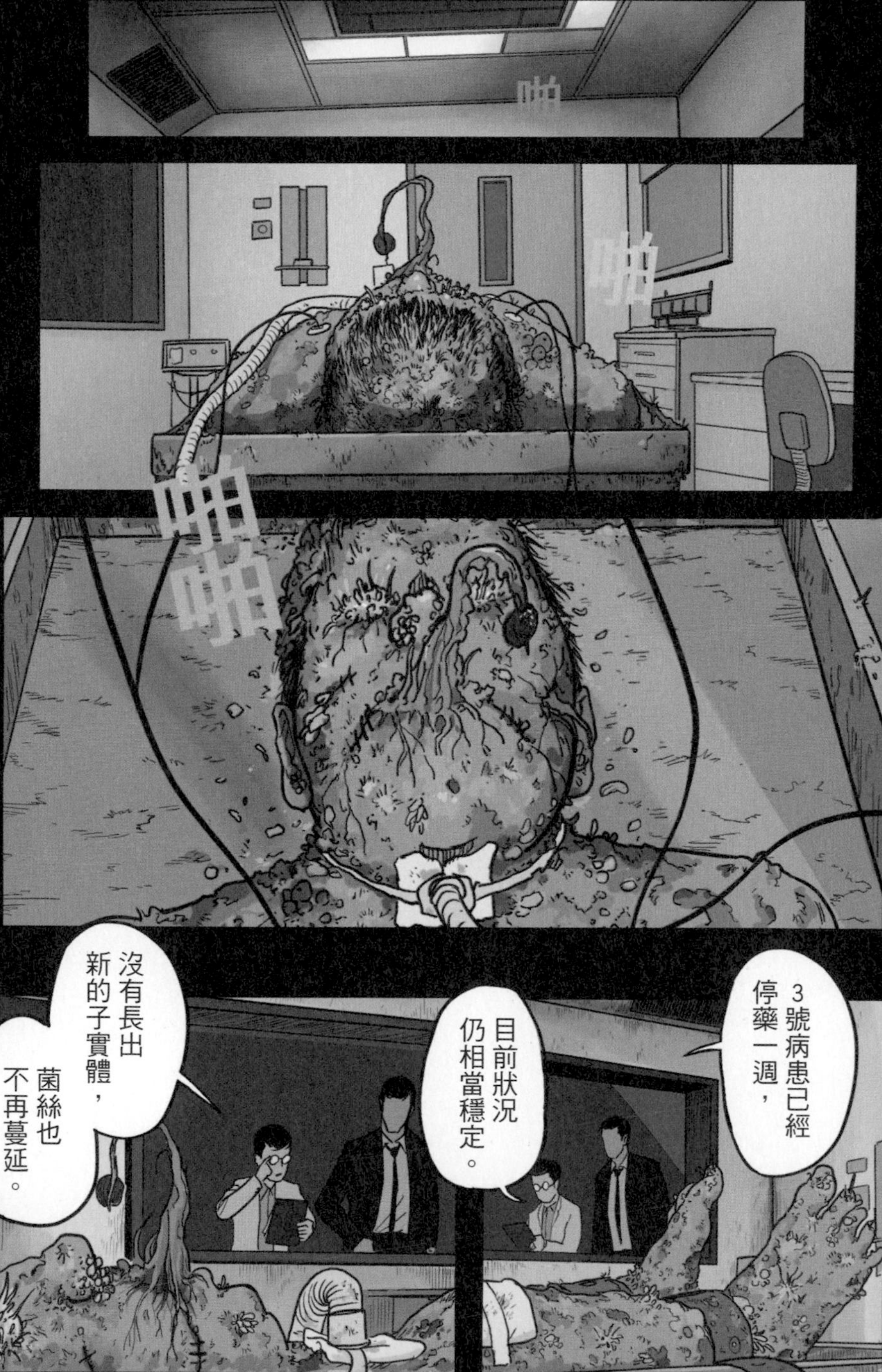
啪
啪
啪
啪
3號病患已經停藥一週，
目前狀況仍相當穩定。
沒有長出新的子實體，
菌絲也不再蔓延。

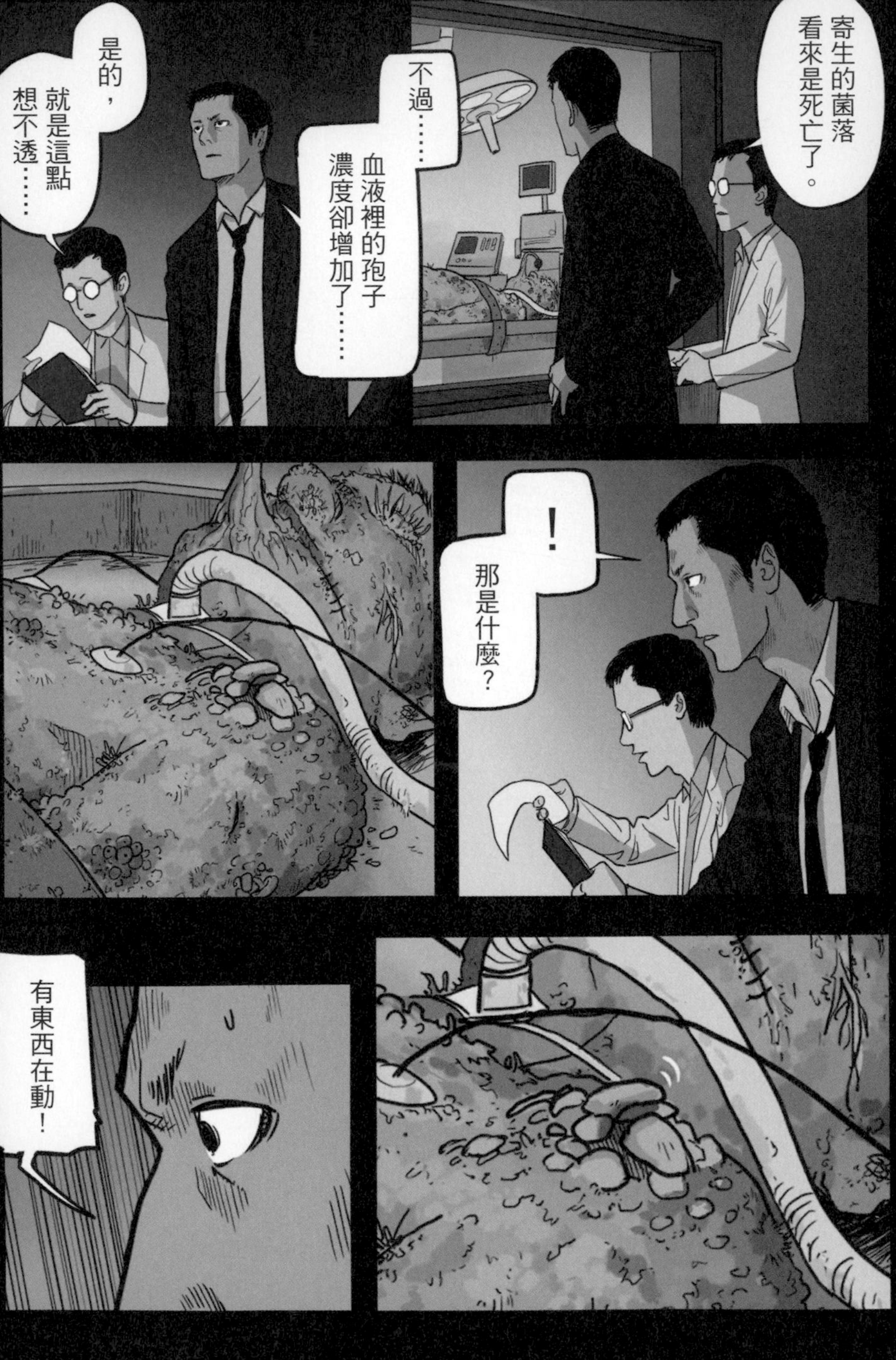
寄生的菌落看來是死亡了。
不過……
血液裡的孢子濃度卻增加了……
是的，就是這點想不透……
！
那是什麼？
有東西在動！

咕……
這……
糟了！
怎麼可能！
組、組長!?
你沒穿防護衣！
唔唔……
顧不了那麼多了！
莫非你要……

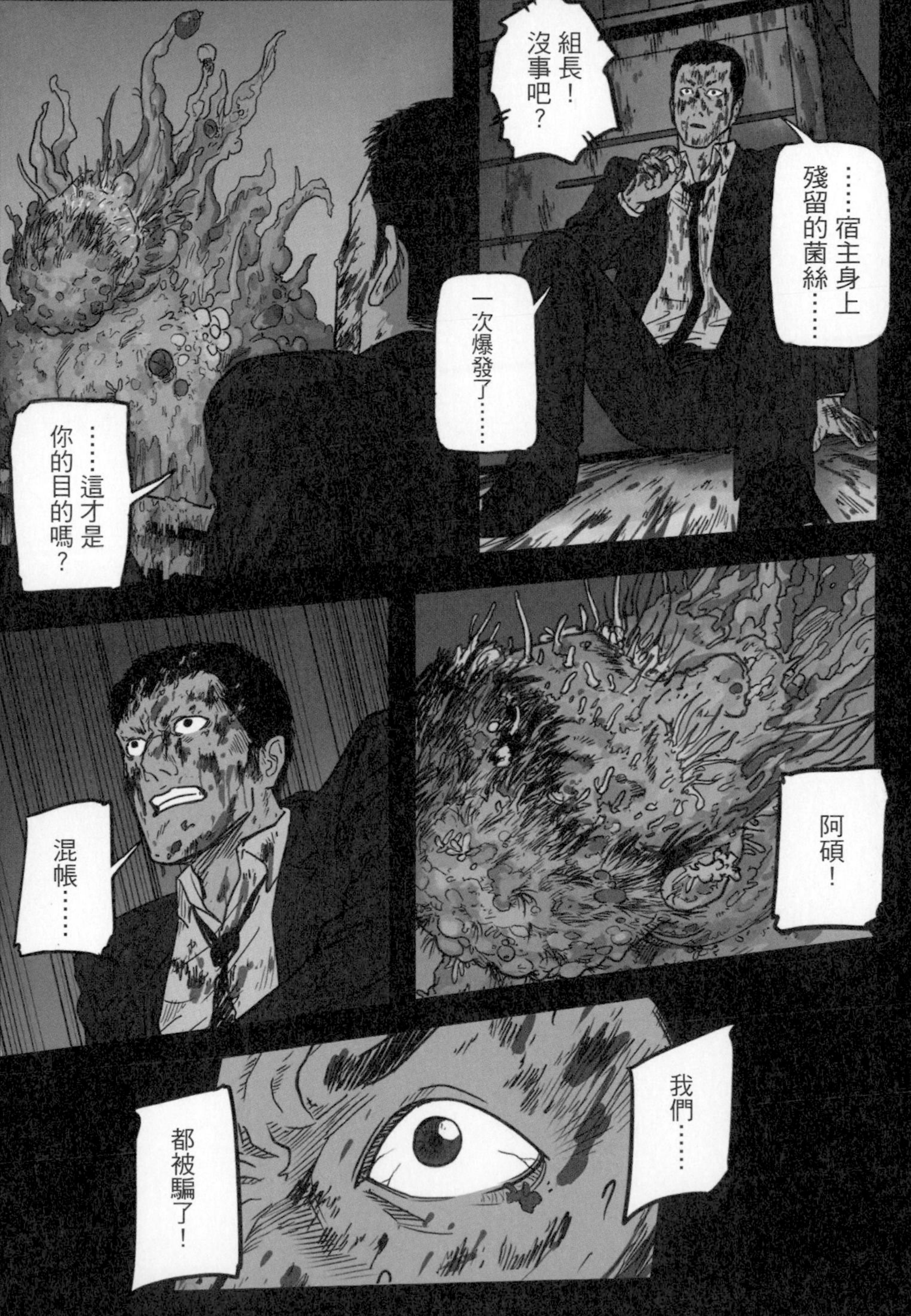
組長！沒事吧？
……宿主身上殘留的菌絲……
一次爆發了……
……這才是你的目的嗎？
阿碩！
混帳……
我們……
都被騙了！

咦？
那人怎麼了？
哇！
好噁心！
嗚嗚……
癢……
他生病了？
好癢……
離他遠一點！

救……
救救……
走開！
別過來！
啊……
呀啊！
……
打119！

不好意思。
先生，我們要打烊了。
!!
妹仔！
快下來！
怎麼了？
不知道啊！
前一秒還好好的……
妹仔！
妳上去做什麼？

危險！

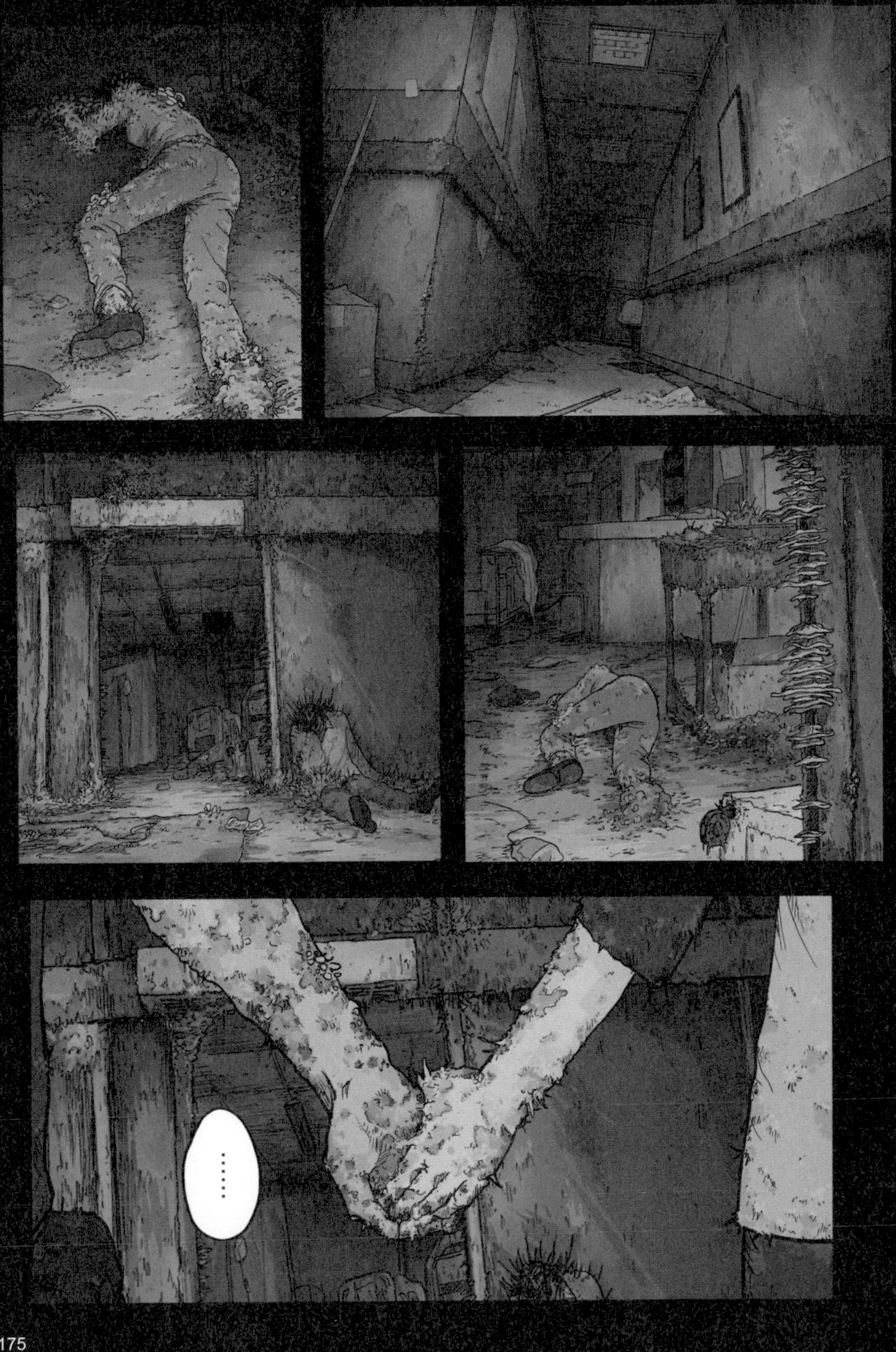

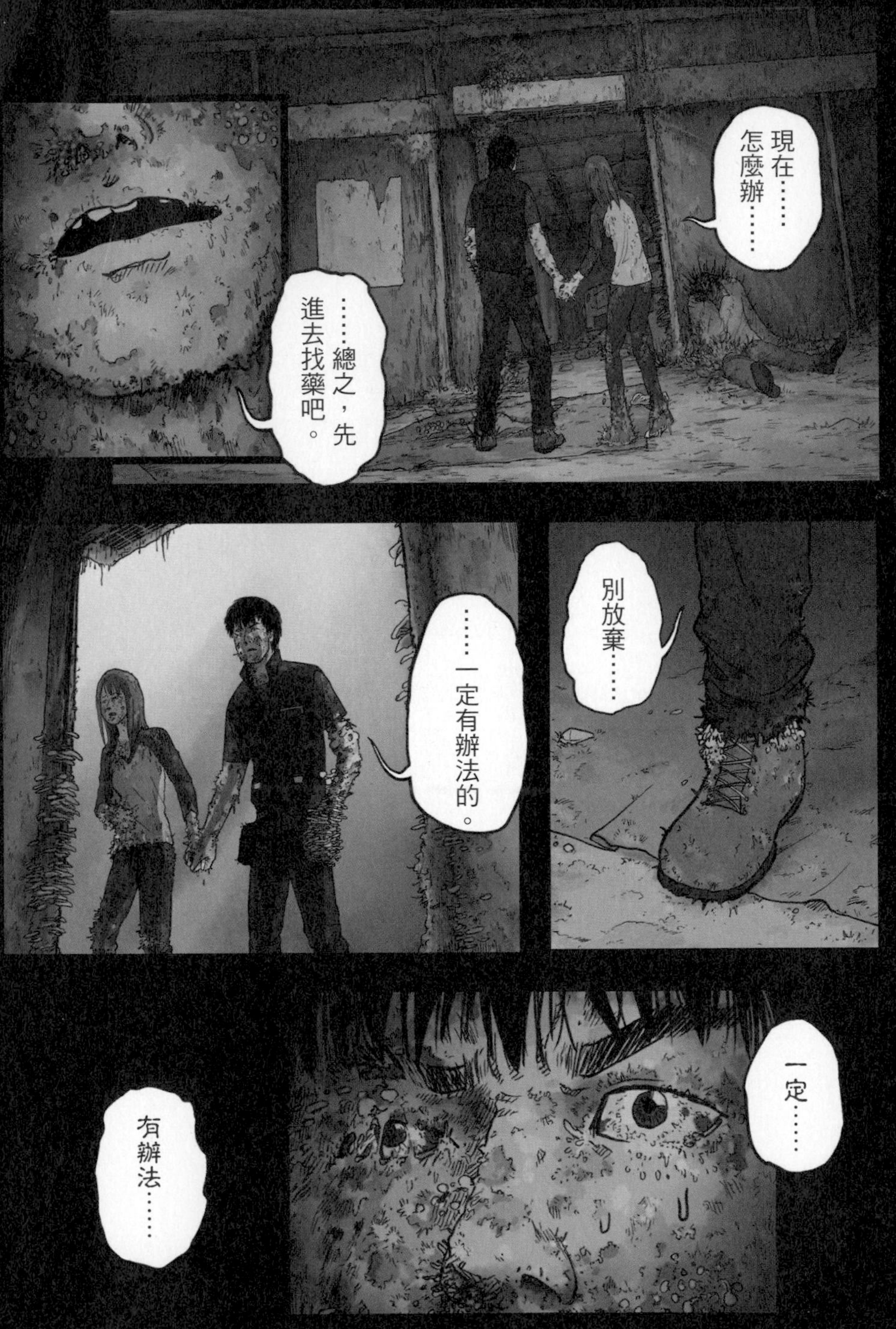

【全書完】

FUN系列 036

刺角 下

作　　者—黃踹
主　　編—陳信宏
責任編輯—尹蘊雯
責任企畫—曾俊凱
美術協力—FE設計 葉馥儀
書名設計—腦產出實體計劃
董 事 長
總 經 理—趙政岷
總 編 輯—李采洪
出 版 者—時報文化出版企業股份有限公司
一〇八〇三 臺北市和平西路三段二四〇號三樓
發行專線：（〇二）二三〇六六八四二
讀者服務專線：〇八〇〇二三一七〇五．（〇二）二三〇四七一〇三
讀者服務傳真：（〇二）二三〇四六八五八
郵撥：一九三四四七二四 時報文化出版公司
信箱：臺北郵政七九～九九信箱
時報悅讀網—http://www.readingtimes.com.tw
電子郵件信箱—newlife@readingtimes.com.tw
時報出版愛讀者粉絲團—http://www.facebook.com/readingtimes.2
法律顧問—理律法律事務所 陳長文律師、李念祖律師
印　　刷—詠豐印刷有限公司
初版一刷—二〇一七年五月十九日
定　　價—新台幣三〇〇元

時報文化出版公司成立於一九七五年，
一九九九年股票上櫃公開發行，二〇〇八年脫離中時集團非屬旺中，以「尊重智慧與創意的文化事業」為信念。

國家圖書館出版品預行編目(CIP)資料

刺角【下】/黃踹 著;
-- 初版. -- 臺北市：時報文化, 2017.05
面；　公分. -- (FUN；036)

ISBN 978-957-13-6948-8 (平裝)

859.6　　106003034

ISBN：978-957-13-6948-8
Printed in Taiwan